寓言之岁

龚 曙 光 著

深圳出版社

龚

曙

光

湖南澧县人。

作家、评论家、出版家、媒体人、企业家。《潇湘晨报》创始人、中南传媒股份公司首任董事长。

曾获"全国文化体制改革先进个人""中国出版政府奖""韬奋奖""享受国务院政府特殊津贴专家""2011年 CCTV 年度经济人物"等荣誉。

在商务印书馆、三联书店等出版管理学、文学论著多种，在人民文学出版社出版散文集《日子疯长》《满世界》《样范》，在《人民文学》《当代》《十月》等刊物发表文学作品逾 100 万字。

担纲首部大型地方史诗剧《天宠湖南》总策划、总编剧。

每 种 反 常 症 候 ， 都 像 一 次 暗 示 ；

每轮错混时序，都像一则隐寓。

自 序

重拾散文写作，一晃七八年了。

《凤凰的样子》是肇始，且为无心之得。那年初冬的一个周日，难得的阳光灿烂。我站在温暖如春的庭院里，翻阅鲁迅先生的手稿，突然生出一种用毛笔写作的冲动。立马跑回书房，展纸提笔，不假思索写下"凤凰的样子"五个字，并一气呵成写了下来。后来水运宪兄看到，拿去《湖南文学》发了。于是便有了这些年陆续出版的《日子疯长》《满世界》和《样范》。而《愚咖咖的暑期流水账》是前不久才写成的，算是最新的一篇。

这部集子，以这两篇文字为起止，收录了其间尚未结集付梓的散文。与《日子疯长》《满世界》和《样范》不一样，这本书不囿于某一时段，不限于某类人事，因而时间跨度更长，题材类型更多，表现形式更信手随心。在我的散文集中，这是一本随性且任性的集子，在记述上与时代昵近，在思考上和时局死磕。如果历史记录是一堵坚硬的石墙，我则像一个倔强霸蛮的少年，狠劲地在墙上抓出了几道指痕。

很幸运，时代终于艰难而决绝地从疫情中走了出来！但具体到每个感染者，却未必能挥一挥衣袖轻松走出，其中许多人，以自己的方式留下了记忆甚至记录。我的日记和文章，更多关注的是自己和国人当时的精神状态，故就写作初衷而言，这不是一份详备的灾难记录，而是一份直面灾难的精神样本。

作为作者，我想这该是一部隐寓之书。民族要坚定走向复兴，时代却恰逢百年未有之变局！前行中隐匿倒退，平静中潜藏风暴，期冀中孪生忧虑，笃定中伴随彷徨。生活与生命的诸多真相，常以寓言形式向世界暗示和传递。一个写作者，记录下这些隐寓，记录下这种寓言式生活，或许就触碰了时代的敏感神经，号切了社会的纷乱脉象，扫描了文化的迷惘图景，伴陪了人们的执拗向往……

我一直认为，散文家永远只有一个视角，就是"我与时代"。无论是被时代洪流裹挟向前，还是被时代尘埃訇然压垮，即使面对的是历史，或者自然，其承受主体、记录主体，只可能也只应该是"我"。散文家的叙事，没有上帝视角，也不该有第二、第三人称。"我"是散文别无选择的叙事人，也是当仁不让的主人公。我的散文没有虚拟叙事人，也没有虚构情节，更不会虚妄地将视角由"我"置换为"我们"。写作中，我始终以"我"的渺小对抗"我们"的宏大，以"我"的具体对抗"我们"的抽象。我与时代的关系，就是"我"与"我们"间，一场拥抱与拒斥的永久纠缠。

是为序。

龚曙光

2024 年 12 月 19 日于抱朴庐息壤斋

目　录

CONTENTS

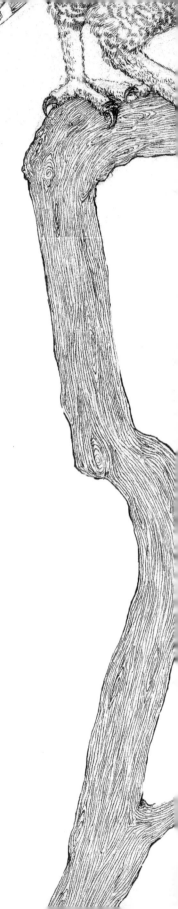

第一辑

凤凰的样子

外乡人所说的凤凰古城，当地人叫沱江镇，因蜿蜒流经的沱江得名。名虽曰江，其实只是一条山间溪流。大山里的泉水汩汩汇聚至此，便有了十数丈宽。水至清，且有鱼。江底水草丰茂，长长的，随波飘摇。鱼虾悠游其间，并不十分惧人。江上有捕鱼的无篷小舟，舟头懒懒地眯着鱼鹰。清晨，渔佬儿挥舞长篙将鱼鹰扑扑扑地赶到江心，捕得三五斤杂鱼，便爬上码头，随手往哪个大户人家的伙房一扔，找家茶馆喝茶去了。

小镇的房屋，多依江而筑，临江一面用山里伐得的粗木支撑，自江上或对岸望去，似悬半空，故名吊脚楼。湘西乃至滇黔一带，山高水深，大城小镇每每这般依江构筑。沱江水面不宽，两岸吊脚楼依次排开，清冽江水潺潺其间，恰似缀玉的带子。密匝匝挤在山窝里的小镇，于是便有了几分灵秀气。很多年前，有位叫艾黎的新西兰作家说，中国有两个最美的小县城，其中一个便是凤凰。

<h2 style="text-align:center">一</h2>

如做考据，古镇大约是因朝廷屯兵戍边而慢慢兴起的。所谓戍边，初衷是威慑苗民，结果还是防范土匪。疆域的勘划，对多数皇帝来说都是一桩纠结的心事。从志向上说，祖上史册上记载过的、自己兵马踏过的，都该划归国家的行政版图；从治理上说，桀骜不驯的族群、冥顽不化的部落，又得筑墙阻隔、驻兵布防，难以并入皇上的心理版图。从行政版图上看凤凰不是边陲，与国境隔了莽莽苍苍的十万大山；从心理版图上看凤凰真是边镇，一道逶迤绵延的南长城将"生苗熟苗"断开。古镇的驻兵，就是为了镇压苗民造反的。只是，当地的土、苗两族，虽系南蛮族群，其性并不悖烈，绝无与皇上分庭抗礼的野心。西南各少数民族，虽常与朝廷有隙，偶有兴兵北犯之意，大多也就是壮胆吆喝一阵，到头来等朝廷招抚使节一到，授方大印送套官服，也便乐颠颠地扎寨为王了。中国历代的民族纷争，多为土地捐税贡奉之类，像十字军东征那样为信仰打得旷日持久没休没止的，少之又少。

当年从中原调来的军队，屯居下来并无战事。偶尔进山清剿土匪，去浩浩荡荡一队人马，捉一两个青壮汉子回来，五花大绑，背上插块标牌，上书某某匪首，耀武扬威班师回营。择日将捉来的人拉到江边滩涂，一刀将头砍下，算是就地正法。满城人看手起刀落，热血喷得一地，觉得有味。久而久之，砍头便成了古镇的一种仪式、一个节日。虽然古镇人能把每一天都过成节日，但砍头这个节日是不能少的。如果隔了一段日子没去江滩看砍头，镇里老少便觉得少了什么，甚至有好事者会跑到城外兵营抗议。兵营里的人照例会拖延几天，然后又进山捉人。

兵营是禁地，当地平民闯入，按律也当杀头。但当兵的要娶妻生子，子孙要营商活命，几代人下来，早已兵民"团结如一人"。入乡便随俗，谁还会守着朝廷的规矩过日子？

日子长了，兵营里男丁渐多，镇上的汉族女子不够娶，便只好进山将苗族女子娶进城来。血缘一杂，风俗也便混了。苗年到了，满城人过苗年；春节到了，满城人过春节。清晨去江边，满江都是石头上捣衣的女子，着汉服佩苗饰，一江的银饰叮当，一江的山歌飞扬。如果不是镇里的居民弄得清每个妇人的来历，仅凭服饰和长相，是分不清哪个是苗家妹哪个是汉族女的。每年三月三，苗族赶边边场，以歌传情，看对了眼踩踩小伙子的脚背，于是心领神会，一闪便消失在树丛里。其中的小伙子，好些便来自凤凰城里，有些还是富家子弟或在籍的军人。其中一些苗家女子，也因此嫁到城里，相夫育子，没多久便一口汉话。至于军人们从中原带来的节俗，不仅一样没有落下，往往比在中原老家更加繁缛。好些仪式，因为苗家女子的操持，有意无意添进了一些苗人习俗，更加庄肃和讲究。

古镇的日子，过得平缓也过得平淡，天下再大的事传到这里，也便成了谈资和掌故，激不起多少涟漪。平和的时光难免寂寞，镇里人便变着法子把日子过得热闹。先是逢节便过，小节当作大节，苗节当作汉节。过节便是你宴我请，便是走街串户，再寂静的日子，也会闹腾起来。小小一个沱江镇，往上数三代，家家户户都是亲戚，不是姑亲便是姨亲，再不济也是结拜亲。反正一过节，便是倾城的串联聚会、恣酒宴乐。每个节都是把一个日子过成一串日子，等到彼此把客请遍，这个节才算过去。细数凤凰一年苗汉两族的大小节日，镇里人差不多一年到头都在迎节过节的日子里。

黄永玉先生的长篇小说《无愁河的浪荡汉子》，开篇便是写凤凰城里大户人家过节请客。小说写了四五万字，要请的客人还没有进门，由此可见古镇人过节的讲究。且不说春节这样的大年节，就说端午，那气氛、那排场，别处也难得一见。包粽子的粽叶，男人们要去找又宽又嫩的，包出的粽子才有棱有角有看相，蒸出来才有浓浓的青叶香。菖蒲和艾蒿，也要到人迹罕见的深山里去采，要挑又高又硬撑的那种，挂在大门边才会显眼，过完节风干了做药疗效才好。至于朱砂和雄黄，则要早早遣人去矿上进，而且去的人要公认的可靠。如果哪年进的货质次价高，满城人都会跳着脚在街上骂，这家人便在镇里待不下去，趁某个日落月未升的傍晚，悄悄地溜出城。此一去，即便还回来，那也是垂垂老矣的年岁。

端午节女人们头上扎的栀子花也讲究，要清晨刚采下来颜色洁白如玉的那种，要香味又馥郁又幽远的那种，而且要从长得乖的卖花姑娘篮子里去挑。端午前后的古镇上，总有从乡下来的卖花女在青石街上走过，模样乖乖的，声音也乖乖的。夜雨洗过的青石板，映得出姑娘的身影子，花香满街，清亮水灵的叫卖声满街……当然，更讲究的还是赛龙舟，鼓要响，舟要靓，桨片扎实人要壮。即使是岸上做啦啦队的小媳妇大姑娘，也要衣鲜脸光身材妖娆。男人不能在水里输了力气，女人不能在岸上输了样子。赛完龙舟，不论输家赢家，一齐跳进江里捉鸭子，算是赛事的犒赏。一江的当地麻鸭，一江的青皮后生。鸭子嘎嘎叫，女人咯咯笑，满江的热闹傍晚还息不下来。

再说重阳，在凤凰也是一个极庄肃的节日。原本当年的驻军就是山外远来，祖屋祖宗都在千里之外，重阳佳节必然置酒设坛叩首遥拜。清中以降，朝廷战事频仍，小镇虽天高皇帝远，并无侵扰，但镇里的青壮后生却三五一邀，乘船经沅水出山，在外当了兵。一方面为报效国家，另一方面也是为躲避山里静寂难捱的日子。去的人多便死的人多，不管是否已经马革裹尸归返家乡，家中后辈总要登高祭拜丢在外面的魂灵。背一壶谷酒，抱一捆茱萸，爬上南长城高高的烽火台，酒洒一地，萸插满台。远眺苍山如海、残阳如血，近看野菊满坡、金灿一片。兵营里的号角呜呜吹起，随凉凉的晚风四散开去，那份辽阔与苍凉，侵人骨髓。

二

岁月荏苒，有如山里泉水，不激不湍，悠悠长长一年流到头。尽管一整年都滚在节庆里，时间长了还是缺少兴味，尤其是血气方刚的少年们。孩提时可以上山采野果，夏天酸酸涩涩的野李、野莓，秋天甜甜爽爽的野梨、野栗，山里的诱惑总让人流连忘返。孩提时还可以下河捉鱼虾，溪水里的硬壳蟹，江滩上的楞子鱼，让你在水里一泡就是一整天。孩子们原本就要上私塾，古镇上有钱无钱的人家，对发蒙读书这事看得重。孩子贪玩逃学，不仅要小心私塾先生的戒尺，还得仔细家里长辈的竹棍。哪天先生夹个包袱上了门，一顿饱饱的竹棍是躲不掉的，一根青竹棍打成涮把也是常有的事。有时候东家的孩子连累了西家，一连好多家，半边古镇都是挨打孩子杀猪般的哭号。不过孩子没记性，第二天照例是躲先生逃课。

日子在这躲躲逃逃、打打号号里过去，只一晃，孩童变作了翩翩少年，除了少数人家要把孩子送出山去上洋学堂深造，寻常人家就不逼孩子读书了。只要不当私塾先生，读书在镇上的用处并不大，即使上私塾时三天打鱼两天晒网，记账当掌柜那点事，哪个私塾生都干得下来。只是想干这活儿的少年并不多，想着几十年后自己就是老爹老叔的那一副样子，心中很是鄙弃。当然也可以选择去南长城那边的兵营里当差吃饷，但那兵不兵民不民匪不匪的样子，少年们同样看不上眼，谁要真去了，也必定是家有苦衷万不得已。于是只剩了走向山外一条路。从凤凰经麻阳到浦市，眼前便是浩浩荡荡的沅江。那是一条宽阔而又湍急的大水，经常德入洞庭，后汇入长江，走汉口至上海。这一路，想去哪儿便可去哪儿了。凤凰出来的少年，大多走的是这条水路当兵赴战场。当然也有出来求学的，老的如熊希龄，少的如黄永玉，但大多数不会选择求学这条路，因为读书一来家里要有钱，二来自己要有才，而当兵只要有胆子就行。凤凰城里长大的少年，打小看惯了砍头，自然不缺出生入死的胆魄。沈从文打小聪颖，且生性文弱，是再好不过的读书料，可他走出家门的第一选择，依然是从军吃饷，跟着地方军阀的队伍，在沅水上游的山地里转悠了好几年。

比沈从文更早的一辈又一辈少年，有的血战东南海疆，有的命殒西南边陲，渐渐挣下了一个响亮的名头——"竿子军"。在血肉横飞的战场，"竿子军"代表骁勇善战，代表视死如归。

兵士相见不报名号，只说"竿子军"三个字，便能获得十分的尊敬。追溯凤凰少年的不惜命不惧死，或许与屯兵的历史相关，诸多少年的先辈，原本就是血战归来的勇士；或许与苗汉通婚的血缘相关，诸多少年的血管里奔涌着苗族人剽悍强蛮的血性；或许还与征剿不绝的匪患相关，诸多少年眼看着土匪们赴死的慷慨从容，"过二十年又是一条好汉！"这生死轮回的想法让少年们把殒命疆场看得十分豪壮……

在这前仆后继的人流中，历史只记住了一个田姓的总督，后来镇守云贵延绵不绝的大山，算是朝廷对"竿子军"最重的封赏。那些被历史忽略了的万万千千的凤凰少年，大多没能活着回归古镇。家里人悲恸过后，便想到当地苗族有巫师赶尸的习俗，于是延聘巫师远赴疆场，将家中子弟的尸体赶运回来。据老辈人说，朝廷一场大战下来，无论赢输，月夜里回凤凰的官道上，成群结队都是赶尸的队伍。赶尸由此成为凤凰及周边一个兴旺的职业。不仅民间，史料上也有赶尸的记载，只是究竟如何能让死尸夜行数十里，而且即使三伏天也不腐，其技已不可确考。

沈从文曾在一部小说中写道："一个士兵，要不战死沙场，便是回到故乡。"说的是凤凰人对家乡至死不渝的眷恋。后来黄永玉将这句话作为墓志铭，刻在了沈先生的墓碑上。如依凤凰少年们从军的史实，也为他们写句话刻上墓碑，那应该是："一个战士，即使战死沙场，也要回到故乡！"

怀了战死之心却并未马革裹尸的也有，如那位著名的陈姓将军，后来拥兵做了湘西王的师长陈渠珍。民国初年的地方军阀，身份十分尴尬，对政府要担保境绥靖之责，对民间要司建设发展之职，而军费粮饷、执政用度政府却又不能保证，大多只能自谋自筹。陈师长绥靖湘黔边区数县，便在此设卡收捐，甚至运桐油贩烟土。土匪猖獗了发兵剿匪，土匪弱小了又歃血结盟，送枪赠弹，不想让土匪绝了踪迹。后来好些学者说将军是湘西土匪王，显然不对，只有他镇得住湘西土匪倒是不错的。陈将军也在凤凰倡新校、设邮局、办银行之类，好些文明的生活，都是在将军手上开启的。传统的妓院烟馆、私塾酒肆，新式的邮局剧院、银行学校，混杂在沱江镇里，也是一份特别的繁华。士绅因之视其为湘西家长。民国时代，三湘家长、三晋家长、三桂家长，大都是土生土长、拥兵自重而又荫庇桑梓的地方军阀，其历史功过，至今仍难以评说。

就在这位杀人如麻而又爱民如子的将军身上，发生了一段刻骨铭心的恋情。早年将军驻兵川藏，认识了一位叫西原的藏族姑娘。烽火三月，他们却在雪山草地爱得如火如荼。然天不假年，西原早夭，将军痛如剜心。他后来在自撰的《艽野尘梦》中述及西原，依旧如泣如诉，读后让人掩卷唏嘘。由此见出凤凰乃至湖湘少年至真至纯的性情。与陈将军同一时代的倒袁都督蔡松坡，同小凤仙那一曲绝唱，亦惊世骇俗倾倒了几代人。更令人感叹的是湘军大将彭玉麟，自小喜欢外婆的养女梅姑，家中不允，梅姑外嫁不久抑郁而死。彭将军一生放不下这位亡故的恋人，青灯孤影，夜夜以画梅表达无望而且无尽的追念。戎马倥偬的一代名将，竟在军帐下为梅姑画下整整十万幅梅花，即使只是一万幅，也是世上绝无仅有的苦恋啊！从古至今，还有比这更铁骨柔肠、凄绝哀婉的爱情美谈吗？！

三

一方水土养一方脾性。其心笃实，其情专注，其性刚烈，不唯凤凰男子，女人亦然。不论汉族苗族，心有所许，身有所属，便是一生一世的事。如有变故，那便生是男家人死是男家鬼，必定弄出些节烈的故事来。好些女子并未出阁，只是学堂里、城墙边私定了终身，或者是两家长辈延聘中人换了个八字，一旦男方有变，女子便在城里丢了颜面，只留下寻死一条路。院里的水井、江边的深潭、山顶的断崖，便是她们选择的去处。凤凰的节烈故事，一代一代多如童谣。事发的人家虽然痛惜，却并不丢脸面。在城里从此抬不起头来的，反而是情变节失的男家。山城里孩子野，纵然是有钱有势讲面子的大户，闺中女孩也不会像山外人家那样高墙深院地锁着，一天到晚城里城外、山上山下，难免青梅竹马，难免生米煮熟。只要孩子认了，大人也多依从，并不太做棒打鸳鸯的事。只是一旦男家变了，事情就变得十分严重。凤凰苗族的女子，碰上这等事反倒从容。小姐妹三五个聚拢商量，然后派个长相标致的去约那个变心失节的花心郎。只要出来了，便在劫难逃，茶里酒里乃至凳子上，都被姑娘们放了蛊。放蛊是苗族女儿护身的秘术。将大山里的各种毒虫捉来，用瓦罐在火上焙成粉末，装在随身携带的小瓶子、小盒子里，遇上歹人或花心郎君，用指甲挑一点点在饮食里，那人便被放了蛊。被放了蛊便自此茶饭不思，没精打采，无端地消瘦下去。多厉害的郎中也配不出解药，只能眼睁睁看着病人枯槁而死。

放蛊与赶尸，是凤凰周边苗族人秘不示人的技术，发达的现代科技仍未完全解密。赶尸完全绝迹，技艺想已失传。放蛊据说偏远的苗寨还有。早几年听一位朋友说，一个收金丝楠的商人，看上了苗寨里的一棵古楠木，寨里人不卖，他便雇人在月黑风高夜偷偷伐了。寨里人没让他把树运走，仍旧当神树供着，但商人不久便病了，大小医院查不清楚是什么病，怎么治也不见好。有人说是得罪了树神，有人说是被放了蛊。

四

沅湘一带，自古乃蛮荒流徙之地，中原文化的影响，大多来自几位悲悲戚戚的贬谪诗人。宋明以降，虽有硕儒入湘会讲，但也是在督抚所在之地，与藏在近千里外大山里的凤凰，没有什么牵扯。凤凰与中原文化的融通，还是因为屯兵。当年远道而来的兵士中，也有些读书人，流传下来便成了一条文脉。清中以降，凤凰人才辈出，不只军人，文人也一辈胜似一辈，及至民国，偏安一隅的小镇竟然文事繁盛。大学者陈寅恪的祖父陈宝箴，曾署理湖南辰沅永靖兵备道，携家眷寓居古镇，至今凤凰老城里，陈家的宅子还显赫地立着，艳红的夕阳一照，静穆苍老里透着尊贵。陈家尊贵不在其祖父后来官至巡抚，而在父兄数人皆为文化大家。陈先生自己不说，其父陈三立文冠晚清，为名重一时的"同光体"领袖人物。其兄陈衡恪，世人所称的师曾先生，则是国画大师，虽辞世甚早，其艺术成就，亦当时无双。后来成为一代宗师的齐白石，对其一直怀有师承敬意。陈家祖籍不在凤凰，但寓居的这一年多，凤凰对陈家，陈家对凤凰，彼此的影响应是当时后世所少有的。

那时节，凤凰出了很多人。所谓"出"，一是出去，二是出现。凤凰的名人大都是走出山外才出现的。山里的学养与历练，山外的舞台和机遇，让凤凰人不可思议地出名，而且一出便一鸣惊人，熊希龄、沈从文、黄永玉等莫不如此。我至今仍觉得，熊希龄出任民国总理有点阴差阳错，在那个有枪便是草头王的时局里，温文尔雅的熊总理，实难有甚作为。但作为教育家和文化人的他，影响却至深至远。他创办的香山慈幼院，培育了一代代国之栋梁，至今还是北京最好的学校之一。在醴陵创办瓷业学堂，创烧釉下五彩，一时间醴陵瓷声名鹊起，几压瓷都景德镇。撰写中国陶瓷史，醴陵的釉下五彩是绕不过去的；说及釉下五彩，熊总理是绕不过去的。

沈从文从军阀部队出走，跑进北京没有多久，便以小说红透半边天。当时文坛左翼、右翼、新月、鸳鸯明争暗斗，却被一个从山里走来、没有学历没有背景的文青占尽了风头。沈先生以洗练而优雅的文字和西南白话典丽而鲜活的修辞，撩开了西南山地下层人群的原生相，发掘了苦难人生里的宽容、坚韧和温情，表达了一种顺天由人而又悲天悯人的作者态度，为"五四"以降的白话文学画出了人性的新貌相，奉献了文体的新范本。后来，沈先生放弃创作，专注服饰研究，成为中国服饰史研究的绝对权威。这种中年转行的内在诱因，大抵还是少小时苗族服饰留下的美丽印象。沈家有苗族血统，先生的创作，苗族文化的影响亦是入血入骨的。

沈先生晚年回凤凰，是由家乡子弟萧离陪同的。时间不长，因为家乡人的热情拜访，独处的时光也不多。少小离家暮年还乡，先生的感慨应该良多，但似乎都藏在了心底。先生在京辞世，家人和家乡人将先生葬回了凤凰。在沱江边一片僻静山坡上，立了块青石的墓碑。碑上是黄永玉和妻妹张充和的手迹。张写的是"不折不从，星斗其文；亦慈亦让，赤子其人"，尾字相缀便是"从文让人"，算是对沈先生一生的礼赞！墓及碑其实都小，不经人提示，路人是注意不到的。不想被人打扰，大约是先生和家人共同的心愿，但如今，游客络绎不绝，先生终究是不得清静了。

与表叔的儒雅敦厚相反，自称为"湘西老刁民"的黄永玉大恨大爱、大俗大雅、我行我素，智慧之极不避小巧，本色之极不避狂放，吃自己的饭偶尔也管艺坛的事，画自己的画间或也骂时局的娘，凤凰文化最生猛鲜活的一面，为先生所独得。黄先生少为鬼才，老是精灵，做人作画，担得起放得下，在近百年的人生行程中，无论时局的洪流如何惊涛骇浪，他始终是一根大山里冲下的浮木，纵然随波起伏，却不失一份自己的安定。作为画家，其才华丰沛而诡异，不仅国画油画、木刻雕塑，无不本色当行，而且各类代表作品，总于简洁的艺术表达中透出宽厚而机敏的人生讽喻。作为作家，其才情充裕而质直，诗歌、散文、小说、杂感均不挡手。《太阳下的风景》《比我老的老头》等篇什，必当流传久远。长篇小说《无愁河的浪荡汉子》乃当代中国最雍容的小说，《红楼梦》式的气派，《追忆逝水年华》式的节奏，颇具传世大作气象。前几年出版《黄永玉全集》，原定只出美术部分，我坚持要连文学一起出。如今全集十四卷，八卷美术、六卷文学，算是等量齐观。先生是大画家，亦是大作家，其文学和艺术的成就，当互不相让。

黄老先生近十数年在凤凰住得多，他设计的玉氏山房和夺

翠楼，都建在沱江镇风景绝佳处，其建筑风格与古镇老建筑谐
和，似乎意在为古镇补白添彩。先生对古镇的依恋有甚于他人，
他确乎并不满足于用画笔和文字为老凤凰记下不衰败、不坍塌、
不消失的样子，还希望以自己的呼吁，让古城以其本来的模样，
在霁月日影的轮转中存活一百年、一千年……

五

我第一次去凤凰，是1982年秋天。其时游客甚少，即使
有三两个慕沈先生之名前来，也侵扰不到古镇的宁静和居民的
悠闲。沱江悠悠一脉，水量虽不丰沛，水质却清冽透亮，诱人
掬水直饮。渔舟闲闲地泊在江边，鱼鹰立在船头静静地瞌睡。
吊脚楼里住满寻常人家，傍晚炊烟袅袅，继之唤孩子回家吃饭
的呼喊和责骂此起彼伏。后来再去凤凰，这些光景就没有了，
江边一走，便陷在酒吧酒楼的红尘里。满城褪色的红灯笼，如
旧日风华败落的站街女，令人莫名地败兴。

一年春节我去凤凰，为了接待我，叶文智夫妇冒雪驾车，
撞在了高速的水泥墙上，差点出了车祸，我心中充满歉意。而
他正是凤凰旅游的开发者。我并不迂腐地抵制一切旅游开发，
古屋要修缮，居民要生活，一个再伟大的古城，子孙们也不能
守着古屋饿肚子。再说，如今的游客，也大多为出行找个由头，
并不真对古城有多少兴趣。凤凰被称"爱城"，好些人便为了

寻"爱"而来。当然这也无可厚非。我所心疼的，只是古镇像被人用洗洁精一遍又一遍地擦洗过，那点岁月的包浆，斑斑驳驳全被褪去了。分明是一件真古董，现在却怎么看都像赝品。当年因屯兵征剿而兴起的古镇，本因幽闭美丽而存续，如果擦去了那份岁月积攒的清幽和朴拙，古镇还真剩不下什么了。我也到过欧美好些古镇，像捷克的克洛莫罗夫、卡罗维发利，瑞士的蒙特勒、琉森，建于公元 7 世纪，虽然都是上百年甚至几百年长热不冷的旅行度假胜地，但走进去、住下来，你还是寻得见一些岁月的光影，唤得起对一些旧时人事的怀想……

其实，我并不知道自己为何要写下这些文字，更没想到过谁会去阅读。只是随手随心地往下写。及至行文过半，才意识到我所记述的，乃是我自己心中的凤凰，是我在史料、掌故、美术、文学中，以及我从第一次到凤凰看到的那些人脸、听到的那些呼唤、闻到的那些炊烟中感知的凤凰，是凤凰古城情当如斯、理该如是的样子。

岁月不老，凤凰已非。

情有所系、心有所念的外乡人，现今入城难免会有走岔道路的错愕。撰此旧人旧事，记此往日模样，也算是为今时之古城复旧"包浆"吧。

（本文原发表于《湖南文学》2017 年第 1 期，有改动。）

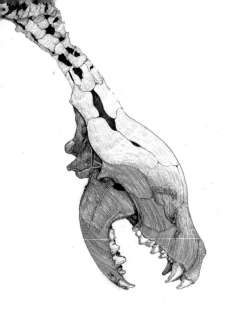

真的历史，

从来就不是文字所能记载的。

城头斜阳

去到城头山，是清明过后不久的一个下午。那是回老家奔丧途中，突然萌生的一个念头。

得知三叔过世，心灵訇然崩塌了一块。没有撕心裂肺的悲恸，只是一种顿然间不知所思、不知所措，空空荡荡的隐隐伤痛。三叔重病经年，清明节我回老家给祖父母上坟，还专程拐去了三叔屋里。躺在床上的三叔，瘦得只剩下一把骨头，两眼蒙着一层厚厚的白翳，没了往日的光泽。握着三叔枯槁的双手，感觉到他的生命正剥茧抽丝般渐渐远去，如同一星摇曳的灯火，油尽灯灭已成定数。

父亲兄弟五人，只有三叔身高体壮，气宇轩昂，有一种与生俱来强蛮蓬勃的生命力。三叔年少从军，退伍后一直在乡务农，是他的坦荡率直和勤劳能干，铸造了我心中不变的农民形象。儿时回老家，我大多吃住在三叔三婶家里。如今祖父母走了，三婶走了，三叔也走了，老家于我，只剩下几堆荒草蓬乱的黄土，和一串日渐淡忘的少年往事。

车近老家，我突然不愿面对已经躺在棺木里的三叔，不敢面对披麻戴孝、呼天抢地的老屋亲人。在我不知所往的那一刻，不知怎么就想到了城头山。差不多有四十年，我无数次与这个声名显赫的史前遗址擦身而过，没有一次萌生过驻足凭吊的冲动。

春夏之交，是澧阳平原冷热无常的季节。白炽的太阳，照耀着鹅黄翠绿的平坦原野，炎热的天气和繁忙的农事，让人仿佛早早地走进了盛夏。依旧是河汉纵横的水网，依旧是紫云英遍开的田畴，熏风四月，莺飞草长，放眼望不到边际的这一派欣欣景象，还真让人难辨今夕何夕。如果抹去那座高耸的石头牌坊和横卧在草地上的陈列馆，六千年前的先民站在城头山夯土筑起的城墙上，纵目所及的原野，大抵也就是眼前这幅景致。历史学家们考据的千秋万代，在大自然日月相推、春秋代序的轮回里，不过是年复一年的春华秋实。

我上大一那年，隐约得知老家发现了一处史前人类遗址。之后的发掘与考证，让考古学家们大喜过望。先是发现了由护城河和夯土城墙环绕的古老城池，经同位素测定，城墙最早的夯筑年代，早在六千年前。专家宣称，这是国内迄今发现的最早城市，甚至推断为全球最早的城市样本。虽然，这一判断至今仍有争议，然而一座占地二百四十亩，街衢通达，建筑严整，功能齐备，护城河环绕，夯土墙高筑的城池，在六千年前拔地而起，无论如何都挑战了我们对中华先民生活的想象，挑战了史学家对史前文明的定义。

站上夯土高筑的城墙，环视平坦无涯的澧阳平原，想象那群从洞穴中爬出来的先民，直立行走到这片河港密布、水草丰茂的原野，他们无法抑制的狂喜中，究竟掺和了多少莫名的恐惧？他们不再归返洞穴的决绝中，究竟包含了多少改变命运的犹豫？在这片辽阔的古洞庭冲积平原上，先民们如何一面狩猎与采摘，一面驯养与稻作？从茹毛饮血到生火炊食，这期间经历了多少日月轮回和春秋流转？先民们如何一面因血缘而自成聚落，一面以筑城池而渐构中心，这期间又经历了多少代智能进化和灵性生长？在那个只能以石器作为工具的时代，调集多少劳力，耗费多少时日，才能挖掘出那条环绕城池的深深壕沟？才能夯筑起那道令人望而却步的高高城墙？在那个没有任何测量器具的时代，开启怎样的智慧，凭借怎样的经验，才能修造出近乎规整的圆形城池？才能描画出近乎完善的城市蓝图？还有东西南北的四道城门，其方位的准确，即使今天用指南针测量，其误差也仅在毫厘间。有多少个月淡风轻的夜晚，先民们在浩瀚的星空中找寻北斗；有多少个天光熹微的清晨，先民们面对喷薄的旭日等待神启。人们曾经怀疑，玛雅人的大型石雕，并非人力所为；人们曾经猜测，埃及人的金字巨塔，或为外星生物的杰作。那么，城头山的古老城池，又该借助了怎样的神灵和外力呢？这道在两千年里不断被加高加固的夯土城墙，这座在两千年里不断被强化优化的王者之城，究竟是因为这个氏族的强大，还是这片土地的宜居，才使得这座城池两千年繁盛，才使得这种文明六千年不绝？

城墙土基上数量可观的陶坑，显示这里分明已是一个颇具规模的作坊。坑中残存的陶器陶片，让人想象出当年陶工们制陶烧陶的忙碌，窑坑里升腾的青烟飘过高高的城墙，弥漫在广袤富饶的平原上，报道着升平祥和的景象。我想象陶工们头顶一轮明月，一边制陶一边放歌，那粗犷而欣悦的旋律，为熟睡的城池灌注了多少生趣和灵性。

城池的东方，是一块隆起的祭坛。其上牛羊牲畜的骸骨和碳化的谷物，是先民们祭祀土地的献礼；其上焚烧木柴的土坑和残灰，是先民们祭祀上天的遗存，借助一缕青烟，将自己的敬畏与虔诚上达苍穹；其上的孩童尸骨，是供奉给各路神灵的生命祭礼。祭地祭天祭鬼神，先民们在一块小小的祭坛上，表达了对不可知世界的全部敬畏与膜拜，实现了由武力统治向精神统治的权力升华。其后的数千年里，政治制度的进化有目共睹，然而究其本质，这种以蛮力镇压蛮力、以愚昧统治愚昧的传统，依旧生生不息。陈列馆里直躺的那具年轻首领的骸骨，右手执一柄权杖，那大约是一件代表权力，具有某种神力的法器；左手提着一个孩童的头颅，那应该是一种权力的警示。这一幅六千年前的权力图像，似乎定格了人类政治统治的本性。城头山这一份代表人类原始城市文明的大设计，最终由这位年轻的首领来落款，一枚鲜血淋漓的钤印，赫然地盖在了六千年历史上，也盖在了六千年后我这位拜谒者的心里……

在城墙的底部，考古学家发现了成片的稻田和碳化的稻谷，表明这座圆形城池建造在连片的稻田之上，继而证明中华民族的稻作历史远比六千年城市文明更早。考古学家据此宣称，城头山乃世界稻作之源。这一判断同样遭遇了历史学家的质疑甚至反驳。但在稻田之上建造最早的城市，则是城头山作为史前遗迹的独特性和重要性。它向我们佐证：城市文明的起源，依托于相当程度的农业发展，只有拥有稳定的农业收成，才可能筑城而居，享受安定的城市生活。人类宜居的首要条件，是适合种植的肥沃土地与温润气候，是相对稳定的农业收成。

澧阳平原素负"鱼米之乡"美誉，"耕读传家"的传统世代赓续。不仅仅是城头山，澧阳平原上已经发现的史前遗址，多达二十多处，说明从古至今，我的家乡都是人类的一片宜居之地。宜居造就了先进的农业文明与城市文明。有史学家认定，城头山历经两千年繁荣之后，众多聚落的中心转移至鸡叫城，那是距城头山不足二十公里的另一处史前遗址。鸡叫城衰落后，中心转移至江汉平原，然后一路向北，随之有了八百年风云际会的周朝。这条中华文明演进的路线是否准确，我们尚可质疑，然而城头山作为稻作文明和城市文明双璧合一的源头，其价值的独特性却无可置疑。

陪同参观的管委会主任，似乎更关注旅游的开发，他所向往的遗址，是古希腊神庙和古罗马斗兽场，是那种一年到头万人拜谒的旅游盛况。我想，如果将平原上的万亩土地还原为传统的稻田，其上所有的民居还原为六千年前的聚落，在遗址之外，原样建造一座城头山城池，任何一位造访者，应该都会为这一史前文明复活的景象所吸引和震撼。一年四季的任何农时与农事，都会是一场宏大壮阔的真人秀……

跨过清澈如许的护城河，回望这片在澧阳平原上微微隆起却并不起眼的台地，渐起的晚风，拂动漫坡的青草，还有杂乱而蓬勃的野花。红红火火的斜阳，燃烧在西方天壤交接的遥远处，射出一束束金色的光焰。那光焰倒映在清波荡漾的护城河里，凝结在荒草萋萋的夯土墙头，流淌在连缀成片的稻田中。我确信，这仍是六千年前的斜阳，斜阳里依稀有人吟唱着女娲补天最原初的版本。成千上万赤裸着胴体的男人和女人，蚂蚁般在平原上挖掘和搬运。城墙上夯土的男人，将沉重的石块举起来，然后狠狠地砸下去，粗壮的号子和着远处的歌谣，在金红的斜阳下远远传扬。

在城头夯土的男人中，我恍惚看到了三叔。原以为，去世的三叔和这六千年前的古城池扯不上一丁点关系，原来我莫名地造访城头山，似乎还真是三叔冥冥中的指引。于是我相信：如果人真的有前世，三叔必定是他们中的一个；如果人真的有来生，他们中的某一个必定是三叔。三叔这辈子，和先民一样在澧阳平原上勤奋劳作、艰辛生息……我曾在修筑大堤的工地上，目睹三叔赤裸着上半身，用强健的双臂将石夯扬起砸下，昂奋的号子蓄满撕心裂肺的力量。三叔黝黑高大的身躯，立在彤红的斜阳里，周身仿佛被点燃，胸前背后的汗珠，被烧灼得吱吱作响。

三叔的生命，只是澧阳平原上万千生灵中的一个；三叔的一生，只是六千年历史中逝者如斯的一瞬。三叔走不进历史，如同六千年前蚂蚁般筑城的万千生命；历史吞食不了三叔，如同六千年前的城池，凝结了那些蝼蚁般的生灵！真的历史，从来就不是文字所能记载的，她是护城河里淌不尽的流水，夯土墙头烧不绝的野草，是平原上亘古如初、烧灼如火的斜阳，是古城池中前世来生流转不辍的生命。

原本，我的老家不仅是老屋场，还有城头山，以及丰饶宜居的澧阳平原；原本，我的先人不仅是三叔，还有城头山垦荒植稻、夯土筑城的先民，以及六千年来在这片冲积平原上生生息息的不灭魂灵……

（本文原发表于《湖南文学》2018年第9期，有改动。）

人 类 一 旦 失 却 对 于 自 然 的 审 美 力 ，

就必将失掉对于自身的审美力。

山里

一

早前在湘西，每次回岳父家，听得最多的一个词，就是"山里"。

家里人不是说岳父陪人去了山里，就是说岳父要陪人去山里。岳父要陪同的人，多是画家、摄影家，其名如雷贯耳，诸如吴冠中、黄永玉、陈复礼、简庆福等。那时，岳父是大庸县的文化局长，后来又兼了旅游办主任。他要陪画家、摄影家去到的山里，名叫张家界，一个国有林场。

依地理，位于武陵山脉崇山峻岭中的大庸县城，已是货真价实的山里。如乘汽车，即使是当地跑惯了险峻山路的司机，那时从长沙到大庸，也差不多要在盘山公路上颠簸两日；若坐火车，从湘黔线转枝柳线，跨桥钻洞，开开停停，亦需耗上整整一天。不远千里而来的画家、摄影家，他们抵达的山里是大庸城，而岳父要带他们去到的山里则是张家界。

山里人对山里的理解，和山外人不一样。

岳父是地道的山里人，老家在沅陵，那是沅水上游群山环绕的一片山地。我曾从浦市上船顺江而下，经过沅陵的那一段，两岸群峰壁立，江流狭窄处，夜里抬头望月，只能见到与江面同宽的一线星空。岳父就在那片我未曾进入的山里长大，之后跟随进山剿匪的部队，翻山越岭到了大庸。岳父当的第一个官，是沅古坪区的区长，那年他不满十八岁。在大庸人眼中，沅古坪是老山里，张家界旅游开发如火如荼地搞了四十年，如今那里依然旅客稀落。因为爱好写作，在省报上零零星星发了些随笔，县报创刊时，岳父当了总编辑。再后来又做了水电局长、文化局长兼旅游办主任，直到六十六岁辞世，一直生活在山里。

岳父所说的山里，不是以地理位置的远近来衡度的。山峻水险、林野草荒、人迹罕至的原始山地，加上尊崇自然法则，顺应自然节令，依赖自然物产的生存方式，才是他所说的山里。一句话，山里人所说的山里，是人类不曾搅扰，无力侵占，仍由自然主宰的蛮荒神秘地界。

二

"天下名山僧占多"，说的是旧事。晚近满世界寻山觅水，且偶有发现的，大多是背着画板的绘画者，挎着相机的摄影人。要寻得一片奇山异水，并推介传扬出去，其人得有闲踏访、有眼识得、有心体悟，还得有能力表达和传播。在忙忙碌碌的现代社会，除却职业艺术家，其他人群，难有这份闲暇、眼力和志趣。

有了历朝历代的僧人与道士，还有徐霞客等职业游山玩水的旅行家，仍抱遗珠之憾的奇异山水，其实已经不多，偏巧张家界尚存一处，偏巧又被吴冠中觅得。1979年岁末，先生到湘西写生，原定的目的地是凤凰，后来又从凤凰折去了大庸。究竟为何添此一程，先生撰写的文章中说是听了一位老乡对大庸张家界的推荐，又恰好有车前往。或许这就是天意吧！养在深闺亿万年的绝色处子，终于到了揭纱出闺的时候。访遍天下名山的先生，起初并未上心，差不多是当地同道裹挟，进山到了林场。意外闯入先生眼帘的山峰，令先生"非常兴奋"，惊叹找到了一颗山水明珠。原本行色匆匆的他，竟在山里钻林涉溪待了整整三天。先生不仅挥毫不辍留下多幅写生稿，临别前夜，还在林场简陋的房舍里，写下了那篇著名的散文——《养在深闺人未识——一颗失落的风景明珠》。1980年元旦，《湖南日报》刊载此文，招惹得山外一片惊诧。

先生的文字，在画家圈里盛名久负，此文又作于意外之得的兴奋中，自然更具神采。文章虽是一例的质朴与节制，然而先生对大自然独到的审美眼光，尤其是深闺处子的孤绝比喻，不禁让人引颈向往。当然，更重要的还是先生的名头，引得美术、摄影界的人纷至沓来。一向清幽闲静的大庸城，文艺大家接踵而至。作为文化局长的岳父，自然是一趟一趟陪同进山出山。那时进山的路，只一条通往林场的简易公路，有雨有雪的季节时常坍塌，每每只能寻小道步行进山。至于山里，除了溪边林场工人踏出的一两条小路，欲往远处的山峰林壑，就只能披荆斩棘，靠双脚蹚出路来。

三

我第一次去张家界，是 1983 年的 5 月，正好是山里春夏不分的季节。那时，我刚分配到吉首大学教书，带了班上的学生到山里踏青。进山那天，刚下过一场大雨，满溪满谷都是湍急的流水声。走到溪边，有溪沟里急流冲击岩石的哗哗声，有山坡上涓流漫进溪沟的潺潺声，还有高高低低树叶上的水珠滴到岩石和青草上的嗒嗒声……那是漫山遍野一场水的交响，是亿万把乐器、亿万个声部、亿万种节奏汇成的一曲宏大而细腻的旋律。宏大到除了水声，你听不到任何别的声响，哪怕是一声虫鸣、一声鸟叫、一声兽吼。细腻到你能分辨出，一滴水珠是从高处滴下还是从低处滴下，是滴在石板上还是滴在草叶上。那旋律如同濯洗过一般纯净透明，你听得出旋律中没有一粒尘埃、一丝薄雾、一缕云翳。那纯净甚至容不下视觉、触觉和想象，哪怕是心头一闪的意念，都会浊染了聆听到的纯净和透明。

那时节的山里，除了三三两两的艺术家，并无多少游客，更没有举着小旗、挎着扩音器的导游。沿溪流走上好一段，也难得碰上一两个人，偶尔碰上了，也是从哪片林子里钻出来，肩上扛着一段枯木的山里人。山谷里的野花，从溪水边一丛丛一树树，熙熙攘攘一直堆到山腰，然后藤藤蔓蔓爬上红褐色的山岩，浅红，深紫，鹅黄，晶白，蓬乱而放肆地杂作一片。那花朵似乎不是在绽开，而是在爆炸，炸得漫山遍野，炸得眼花缭乱。周邦彦写蔷薇，"似牵衣待话，别情无极"，而这满山满谷的野花，却全然没有理会人类的存在，一副自开自落、自成春秋的傲然气势。就连那各种各样的花香，乱哄哄地混在一起，浓浓地灌满整个山谷，强蛮地将一切生灵熏醉……

森林里有珍稀的鸽子花、黄心夜合等，但那是我很久之后才辨识的。那一回，我感受的是整个的山谷，是山里的声音、色彩和气息，是山里傲然世外、兀自生息的洪荒气质。

四

再次进到山里，是在一个秋日的下午，艳阳下满山红叶如火。

站在黄狮寨的悬崖边上，林立的石峰似乎从遍地烈火中拔地而起。那种几近熔燃的色泽，那种奋力冲天的力量，相比桂林平地上躺卧的浑圆石山，石林山头上排列的石笋，是一种排山倒海的蛮荒之力，一种蓄积着却随时可能再度爆发的沉默力量！

周边的导游，遥指一座座石峰，卖力地讲述着"秦王遗金鞭""金猴望太平""童子拜观音"之类的故事，游人不停发出"真像、真像"的感叹。这些林场工人最初的想象，已被岳父和一帮文化人加工定稿，成为石峰审美的经典版本。这种质朴的民间审美，固然调动了游人的想象力，开启了自由创造的空间，却多少也屏蔽了对大自然本身的审美感悟。对"鬼斧神工"的石峰的审美，本质上是对时间的审美。是亿万年的风侵雨蚀、水冲雷击，将一座座石峰、一面面石壁雕凿成了如今的样子！那危如累卵的悬石，却亿万年岿然不动；那巍然屹立的石柱，却洞穿出一线耀眼天光；那干涸坚硬的崖顶，却倒悬着苍翠遒劲的青松……该要怎样坚韧的耐心，怎样精巧的工艺，怎样细致的手法，才可能雕凿出如此挺拔的石峰，刻蚀出如此完美的线条？即使是一个闪失，都可能使亿万年的努力前功尽弃！这雷霆万钧的蛮力与细若绣花的巧心，如何在亿万年里交替轮转，恰逢其时而又恰到好处？不必像古人那般慨叹人生"譬如朝露"，亦不必像霍金那样到遥远的时间中去追寻，眼前的石峰，已向我们展示了时间全部的强蛮之美和纤柔之美。我从未在其他任何一处景观，感受到这两种极致之美的和谐并存。

五

　　还有一个月夜，大雪封山。新辟的柏油公路也无法行驶汽车，只能徒步踏雪登山。午夜登顶，正好一轮皓月当空，天空蓝得没有一丝云影，一派清辉之下，树挂与积雪晶莹透亮。远处的石峰和近处的石壁，如一张曝光过度的黑白照，单调而强烈地对比着，死寂里跃动着生命。仿佛一个舞台，卸去了所有的幕布和背景，还有五颜六色的灯光，只留下一群赤身裸体的演员，站立在夜空下的舞台上。只有在那一刻，你才能真切地感受到石峰是有生命的。它们的生命，不是攀爬在石壁上的藤蔓，不是生长在石缝里的树木，甚至不是蜷缩的走兽和栖息的飞鸟，而是石头自身！是挺直的石脊，是错乱的石缝，是峰顶上似乎随时可能坠下的悬石。静止中，你能感受到石缝的生长，寂默里，你能听到石峰的呼吸，你能触摸到亿万年的时间在延续，一分一秒，如同钟摆一样真切和熟谙……

　　我曾造访芬兰靠近北极的圣诞屋，曾登顶天池远眺天山积雪，还曾在哈尔滨零下四十摄氏度的严寒中夜奔雪原。在那些地方，我感受的是纯净之美、寂灭之美，只有在张家界，这个我叫它山里的地方，感受的是赤裸裸的自然的生命、赤裸裸的时光的生命！我感觉到自己的生命与石头的生命那么靠近，与时间的生命那么靠近……

六

后来，山里不再叫张家界；后来，岳父不再进进出出山里。一场突如其来的大病，过早地带走了岳父的生命。

如今的张家界，已是一座旅游热城，每年六七百万游客，已把山里变成了一座名副其实的游乐场。陆续修造百龙电梯及其他人造设施，变成了一票难求的景点，而山峰林壑、飞瀑流泉却反倒成了噱头和点缀。

去年，中南传媒打算投资旅游，我连续三次去张家界考察。看到人造景观越来越成为吸金工具，便狠心掐灭了这个念头。我当然知道，世界上的旅游热地，也有好些是人造景观，比如巴黎的埃菲尔铁塔、纽约的自由女神像、多伦多的电视塔等。然而这些建筑，都在某一历史时点上代表了人类某项新的技术，或者代表着人类的某种信念。张家界新建的项目，应该与两者都扯不上关系。即使能拐弯抹角扯上一点，也实在没有必要将人类创作与天地造化硬拼在一起。将两种完全不同的审美生硬捆绑，最终可能导致的，是两种审美的相互抑制甚至损害。时至今日，前来张家界的欧美游客仍旧不多，这类人造景观所造成的巨大违和感，或许正是其中因由。

历经亿万年时光雕凿的石峰，历经亿万年风雨蚀刻的石壁，每一座都是不可替代、不可复制的自然杰作，每一座都是亿万年时光哺育的完美生命。当人们将巨大的钢铁构件架上山体，嵌进崖壁，毁损的是天地造化，戕害的是亘古生灵……当然，的确有人愿意乘电梯登临峰顶，也有人喜欢走玻璃桥跨越峡谷，由此而生的恐惧与爽快，令不少游人激动和战栗。然而，我们总不能为了一位迷恋象牙烟斗的老者，就去捕杀世界上最后一头大象；总不能为了一个想把树巅上那朵鸽子花戴上发际的少女，就去砍伐世界上最后一株珙桐！

<h2 style="text-align:center">七</h2>

毕竟，山是让人登爬的。爬山是身心对山水的赤裸融入，是生命与山水的直接对话。

吴冠中先生在文章中说过，"其实许多石头本身都很美"。这句话的确很少人听懂记住。当时，先生强调石头本身的美，是害怕人们用世俗的想象，妨碍了对大自然的纯粹审美。如果知道后来还会有人在石头上加造那么多人造景观，估计先生断然不会兴奋异常地撰写那篇文字。先生的全集，是中南传媒旗下湖南美术出版社出版的，首发那天，我作为出版方代表出席。会前，我同先生谈起这篇散文，和他数次到张家界写生的情景，先生依旧兴奋。先生从全集中找出第九卷，翻到那篇文章让我看。我没有敢告知先生，当年他惊叹的闺中处子、山水遗珠，如今已经变成钢铁打造的游乐场。如若据实相告，先生所剩无几的余生，怕是会纠缠在深深的愧悔里。

人类自我确认、自我欣赏的景点越来越多，而自然遗存的景观却越来越少。在这一多一少的趋势下，人类是否应当更决绝地捍卫自然景观的原初性和自然审美的纯洁性？人类一旦失却对于自然的审美力，就必将失掉对于自身的审美力。毕竟，尊崇自然，敬畏造化，参悟天地，纵情山水，是不同文明的共同认知，是人类理性的约定法则，也是物我关系的感性根基。

对于山外游人，张家界早已是一块吆喝喧天、人如走马的游乐热地；对于我，则依旧是早先岳父进进出出，幽如深闺，羞若处子的山里……

（本文原发表于《湖南文学》2018 年第 9 期，有改动。）

人并不需要一个无限认知的世界，

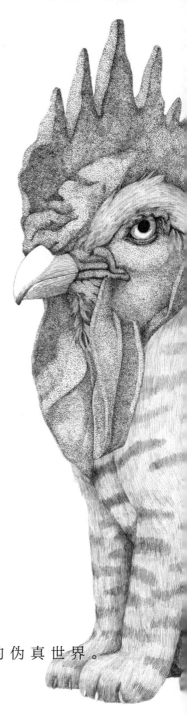

更不需要一个被各种信息构造的伪真世界。

津市三顿饭

　　这第一顿，其实只是过个早，填填肚子，算不上正经八百一顿饭。

　　二十世纪七十年代末，津市至长沙的班船还在开，码头边高耸的望江楼，也还在。我赶船去长沙上学，挑了早晨四点的班次。河面上白雾漫漫，望不见澧水的来路和去路，轮船上的灯，也淡得像几点渔火。倒是岸边的望江楼，灯火亮得晃眼。好些赶船的人，排在灯下热气腾腾的蒸笼前，等着买刚出笼的包子、馒头或花卷。大厅里，也坐了不少人，那是吃粉吃面吃饺儿的，起了大早来抢头锅。赶船的，是不敢坐在那里细品慢咽的，买到面点，撒腿便往码头跑，生怕误了船。我也是，捧起白纸包着的四个包子，赶忙登了船。没等找到座位，便塞了一个包子在嘴里，顾不得刚出笼的包子烫人。津澧一带，望江楼的包子，不仅是个传说，简直算个人生追求。此前我虽没吃过，却不知多少次被人馋得直咽口水。包子虽烫嘴，但果然面皮软肉馅嫩汤汁鲜，是从未尝过的味道。船还没出港，我已将四个包子消灭了。透过船窗，望着岸上的望江楼，竟有些不舍。大学四年，去长沙上学，我几乎都坐船，照例是早班，照例是捧着四个望江楼的包子，急急匆匆往码头跑。

后来，我吃过的包子自然是多了，狗不理、庆丰、城隍庙的生煎、广州酒家的流沙，无论名头多大，其味道，怎么都不如望江楼的好。起初以为是早年见得少，吃得少，味觉记忆被岁月强化美化了。但有一次，偶然在津市碰上一吃货，七八十岁了，说起望江楼包子，直咂嘴，因为那时的望江楼，已经被拆成了一块平地。他说望江楼的包子，除了面好肉鲜，另有两个绝招：一是鲜肉切成小块后，不是用刀刃剁，而是用刀背敲，不紧不慢敲出的肉泥，才鲜嫩爽滑；且肉馅要现拌现包，放置时间稍长，馅料便会发酸。二是包子要现包现蒸，且一次只蒸一两屉，确保受汽均匀，这样出笼的包子，才不至于有的蒸过了头，有的还没到火候。望江楼的名气，靠的是面点，这些北方的食品，一旦到了津市人手里，求精求细慢慢琢磨，天长日久，便有了自己的风味，有了自己的绝活儿。

第二顿，是十多年前的一餐午饭。一个从梦溪老家出来的儿时朋友，在津市发了财，非得请我吃顿饭。他来酒店接了我，车便驰过澧水往山里开，说是要带我吃个特别的菜，三天前就订好了。说是运气再好，也得提前三天订，运气不好，三个月也订不到。那神情和语调，很神秘。车在一农家小院里停下，五六间红砖青瓦的房子，竹木掩映，清洁清静。这里是一个小山环抱的山窝，两三户人家，彼此独立，隔得也远，若要呼叫和应答，须扯开喉咙喊。

老板看上去与我和朋友同龄，堆着笑迎出来，说乌龟已烧好。他领着我们到院里的一口水井旁，从井里打上一桶水，让我们掬水喝了两口，然后洗了一把脸。朋友说：他家做乌龟，就靠这眼泉水。这么多年，他不去城里开馆，守的就是这股水。主人说他烧乌龟，是跟梦溪街上的叫花子学的，说着，便拿出叫花子传给他捉乌龟的钩子篓子。这很令我意外！叫花子当年从梦溪突然消失，莫非来了嘉山？我将信将疑，但没说，因为一尝乌龟，立马我就能知道他说的究竟是真是假。小时候，叫花子烧的乌龟，没哪个孩子比我吃得多，要说给叫花子当徒弟，我比他早。如果不是父亲死活阻拦，还操起竹棍打了我一顿，说不定，我才是正宗传人。

老板端了个瓦盆上来，盆里放着个裹满白灰的大泥球。他拿了块半干半湿的白布，将灶灰擦拭干净，操起一把小木槌，旋转着敲打泥球，敲得烧干的泥球裂开，一块块掉下来，露出里面卷着的稻草，然后拿起一把剪刀，将稻草剪开，露出包裹的荷叶，立马有一股清香散发开来。他慢慢将荷叶一层一层剥开，最终露出了酱色透亮的乌龟肉。一看这程式，我便知道，老板得了叫花子真传！他招呼我们上桌，说是必须趁热吃，一凉味就差了。桌上只有四个菜，除了乌龟，一钵土鸡汤，去了浮油和鸡肉，只剩下漂着葱花的清汤，一碟清炒榨菜头，一碟炝炒烫萝卜菜。乌龟肉入口，软糯脱骨而不柴，酱汁浓稠而不腻，荷香清雅而祛腥，是当年叫花子烧乌龟的地道口味。

听说我小时候常和叫花子在一起，差点当了他的徒弟，老板便满脸羡慕，立马当我是亲人，说话也没了顾忌。他说：这烧乌龟的诀窍，就三条：其一是选龟，必须是野生公龟，三两左右，小了一烧变炭灰，大了则入不了油盐。其二是养龟，选好的乌龟，必须再养三个月，且须养在冷冽的泉水里，让其清肠洗胃，去秽去腥；泉水矿物质多，营养丰富，乌龟不吃东西也不会变瘦；乌龟若瘦了，肉便老，烧出来像水牛肉。其三是挑荷叶和稻草，荷叶得是清晨带露采的，稻草则是带穗的糯谷草，新荷的清香和糯谷被烤的焦香味，混在一起不但祛腥，而且解腻。

第三顿是宵夜，在大湖边，一片望不到边际的荷叶中间。

莲花虽已过季，叶子却依旧茂盛，近边秋风拂荷，远处碧水漾月，月辉水雾笼为一体，天地朦胧。别的城市吃烧烤，烟熏火燎，觥筹交错，吆喝喧天。而这里，却山水清雅，风爽月莹，此情此境，便已可餐可品。

一张十米长桌，其上摆满炖钵、炒菜、卤味、酱菜和烧烤，各式各样目不暇接，端着碗筷转来转去，不知往哪下箸。桌上每一样，都是从街巷里有名的老字号挑来的，算得上一次津市餐饮品牌的博览会。这阵势，不仅水运宪、蔡测海、阎真、王平、沈念和李卓叹为观止，就是韩少功和我，两个津市人，也算开了眼界。不要说每样尝一尝，就是每样看一看，便饱了。我坐在位子上，品尝了面前的卤石蛙，竟是从未吃过的做法。石蛙做法，有泉水炖的，葱姜焖的，干椒炒的，茶油炸的，剁椒蒸的，而这卤的做法，却是入口滑嫩，卤香独特，其味绵长。

这次采风的主题，原本定的是工业，我一想，觉得不妥，一是写工业作家没兴趣，二是写了没有传播力，于是改成了美食。大家一听，写津市的呗，便来了兴致。虽说津市美食有名，但其印象，多数人局限于一碗粉。这一碗牛肉粉，掩盖了多少津市美食的口碑和名头，真有点一俊遮百俊！

其实，我就出生在津市，父母中年后，又工作生活在这里，要说吃津市的饭，当然不止三顿三十顿。但就这三顿，大体也可代表我心里的津市美食。这许多年，一提到津市，首先想到的总是吃。我当然知道这不对，毕竟这里可圈可点的东西多。也想过要改，却总也没改掉……

（本文原发表于公众号"湖湘地理"2023 年 9 月 18 日，有改动。）

第

二

辑

鸟命

一

迷上养鸽，是因同桌八个瘤。

老家人把生疮长疱留下的疤痕，叫瘤子。八个瘤父母在涔河上行船跑码头，一年四季水上漂，将八个瘤扔给一个又聋又驼的老奶奶。奶奶三寸金莲，走路一步三晃，哪里管得住飞天蜈蚣似的孙子，由了他天天在码头上泅水打架摸王八。暑期太阳毒辣，八个瘤爬上泊在河心的木排钓鱼，赤裸的上身晒得乌漆墨黑。天长日久，太阳的热毒积在体内，一个接一个长出桃红李紫的疮疱来。八个瘤霸得蛮，疮疱熟一个，他便对着河水挤一个，每一次都挤出一大包脓血来，然后掬一捧河水洗洗了事。

等到生肌结痂，便留下一个个铜钱大小的疤子。河边玩耍的伙伴凑上去一个一个数，不多不少，正好八个，于是落下了八个瘤的小名。

八个瘤在镇上出名，倒不因为他头上脸上疤子多。他在学校名声大，一是因为养了几十只鸽子，上学下学，总有一群鸽子绕着他的头顶飞来飞去，弄得同学很眼馋；二是因为书只读到四年级，已经留了三次级。校长每年都警告：不准再留级！但每逢开学，还是将他带到了新升上来的班级。四年级开学那天，校长将八个瘤带到我的邻座，说这是一块"酱萝卜"，你要好好帮助他。八个瘤倒也不在意校长的话，大大咧咧一屁股坐在我旁边，从书包里掏出一把煮熟的鸽子蛋，放在我面前的课桌上，说是递个见面礼。

小镇码头对岸，有一道高高的大堤，沿堤是一排吊脚楼的木房子。八个瘤的家，就在吊脚楼里。浐河边靠船吃船的人家，大都住在那边。惯常回家过节，或是顺道路过，便把木船泊在自家的吊脚楼下，上船下船，装货卸货都方便。吊脚楼门前，是一片无边无际的桑园，春夏季节，郁郁苍苍的桑树铺到天边，如同一派绿漾漾的波浪。八个瘤邀我去他家看鸽子，登上堤岸，便看见一群白的、灰的鸽子贴着桑树翩飞，那景致，壮观得像一群海鸥翱翔在大海上。

二

沿着摇摇晃晃的楼梯，登上吊脚楼的阁楼。一对对栖在笼里的鸽子，呼地飞出去，惊恐地在窗外盘旋，好一会儿才陆续还巢。八个瘤说：家里的鸽子由你挑，看上哪对是哪对。蹲在木笼里孵蛋的鸽子，灰的白的芦花的，看上去每只都可爱。

犹豫不决中，看到窗棂上栖着的一只鸽子，白羽凤头，芦花脖颈，半敛半张的翅膀，浅灰里叠满银色的斑纹。一双眼睛血红，晶亮地透着深紫的光芒。小腿劲健，爪子虬结，看上去如同两枝刚刚出海的大红珊瑚。几乎是在一瞬间，我完全被它迷住了，不假思索地告诉八个瘤：就这只！

八个瘤摇摇头，说就这只不行！因为迷子是一只拐鸽。家里的大部分鸽子，都是迷子从外面拐回来的。所谓拐鸽，就是那种飞到别人鸽群里，能把鸽子带回自家笼子的鸽王。这种鸽子万里挑一。

当初，这只鸽子是八个瘤从桑林里捡回来的。暮春初夏，小镇人会在桑林里布下一张张丝网，捕捉啄食桑葚的鸟儿。那日八个瘤钻进林子采桑葚，发现了缠在丝网上的迷子。因为挣扎，丝网已把迷子缠成结结实实的一团。八个瘤细心地将丝网一根一根扯断，最后把迷子捧回了家。又喂水，又喂食，还弄了一个温馨的窝，置放在阁楼里。迷子就此留在了八个瘤家，再没飞回原来的鸽群。几天后，迷子从外面带回了四只鸽子，再后来带回更多，不到一年，阁楼里已挂满了鸽笼。望着那一群被拐回来的鸽子，八个瘤给这只神奇的拐鸽取了个美丽的名字——迷子。我理解八个瘤和迷子的特殊感情，不再强人所难。八个瘤见我对别的鸽子没了兴趣，便说迷子生了两只蛋，正在孵崽，等到雏鸽孵出来，一定送我。

一个多月后，八个瘤搬了一只木制的鸽笼到我家，里面是两只漂亮的雏鸽，鬼灵精怪的，一副万人迷的样子。八个瘤说，这只公的长大了，可能也是一只拐鸽。

三

我捧着鸽子向弟弟炫耀，以为他会垂涎三尺，没想到他连接过去摸摸的兴趣都没有，瞟了一眼，不咸不淡地说：没有八哥可爱！

弟弟迷上八哥，是因为码头边修锁的刘瞎子。刘瞎子原本是给人算命的，"文革"破"四旧"，便改行修锁和磨刀。刘瞎子并不真瞎，只是视力弱，看什么东西，都得眯着眼睛送到鼻尖上。因为眼神差，加上手脚慢，修锁磨刀只是打了个幌子，实际上，还得靠算八字摸骨相糊口。弟弟那帮孩子围着刘瞎子转，是因为他养了一只会说话的八哥。刘瞎子把那只八哥叫儿子，上街摆摊总带在身边。儿子全身漆黑，一根杂毛也没有。红宝石般的眼睛，橙黄的嘴喙和脚爪，漂亮中透着几分灵异。但凡有人走到刘瞎子摊子边，儿子便开口说话：瞎子，算命！或者说：瞎子，修锁！奇怪的是，大体都能说准。待瞎子算完命或修好锁，儿子又开口报价：算命三毛！修锁二毛！瞎子将八哥真是当了儿子养，每天为八哥喂小米、绿豆，十天半月，还要用修锁的锥子把舌头扎个洞，流出一汤匙鲜血，喂给八哥喝。小镇有种说法，八哥能不能开口说话，是否口齿伶俐，主要看喝没喝过人的舌血。

弟弟一放学，撒腿便去了码头，从书包里掏出早就备好的小米和绿豆，撒进儿子的笼子里。刘瞎子不喜欢别人叫八哥儿子，总说老子的儿子你叫什么！刘瞎子更不喜欢别人喂他的八哥，总怕人家的粮食不干净，又怕儿子吃多了胀坏肚子。弟弟便只好等着瞎子给儿子喂舌血的时候，抢过锥子在舌头上扎一下，献出自己殷红的舌血。时间一久，刘瞎子担心哪天弟弟扎出事来，便建议弟弟去哪里捉只八哥来，他来帮着训练。弟弟如同得了圣旨，一天到晚找八哥窝，想抓只八哥的幼雏交给刘瞎子。有一天，我在学校教室的外墙上，看到一对八哥进进出出，找到了一个墙缝里的八哥窝。弟弟每天守在墙根下，生怕有谁发现了捷足先登。约莫守了个把月，墙缝里开始有探头探脑的小鸟伸出头来，等待鸟爸鸟妈回来喂食。夜里，弟弟搬来一架长长的梯子，撬开墙缝，把窝里的三只小八哥捉了。

四

弟弟把八哥送到刘瞎子那里，刘瞎子拿出一把锈迹斑斑的剪刀，将八哥的嘴掰开，把红嫩嫩的舌尖剪了。刘瞎子说，八哥要说人话，必须把尖尖的舌头剪圆，要是人长一根尖舌头，说的也是鸟语。弟弟一面帮刘瞎子掰鸟嘴，一面心疼八哥，眼里噙满了汪汪的泪水。后来跑到镇上的篾匠铺，织了一个大大的鸟笼，把三只八哥装进去，用小米绿豆细心喂养。每晚睡到半夜，还要挑灯看看八哥，往笼子里添食添水。

一天清晨起来，三只雏鸟死了两只，硬邦邦躺在笼子里。弟弟将死鸟掏出来，拿了锄头埋在菜地里。弟弟养的大花猫一直跟在身后，喵呀喵呀希望弟弟把死鸟赏给它，结果被弟弟赶开了。剩下的那只八哥倒是长得壮硕，每天在笼子里欢悦地叫唤，只是发出的依旧是嘎嘎鸟语。弟弟把鸟提到刘瞎子摊子上，拿起尖锥在舌头上扎进去，汩汩地流了大半匙血，按着八哥的脑袋让它喝。差不多每个礼拜都来这么一次。过了大半年，八哥还是发不出一个字音。刘瞎子把鸟捧在手上看了又看，又一字一句地教八哥说话，八哥发出的依旧是鸟语。刘瞎子想了好几天，突然问弟弟：八哥是在墙洞里捉的，还是在树窝里捉的？弟弟说在墙洞里。刘瞎子似乎恍然大悟：洞八哥怎么养都不会说话！

五

我将鸽笼钉在高高的墙壁上，又在笼子上挂了一些晒干的狗骨刺，让弟弟的大花猫无法靠近。起初好些天，花猫望着鸽笼转，一天到晚打两只鸽子的主意。我操起竹棍狠狠打了一棍，大花猫一连瘸了十多天。花猫是弟弟的宝贝，每天晚上都抱在被子里睡觉。见我下手打瘸了花猫，跑到父亲面前告了我一状。父亲狠狠白了我一眼说：大没大相，小没小相，两个玩物丧志的家伙！

我给两只鸽子分别取了名字，公的叫王子，母的叫公主。八个瘤常来家里看鸽子，总说王子能长成一只拐鸽。

后来有段时间，八个瘤没来看鸽子，也没见他上学校。我跑去吊脚楼，才知道八个瘤的父母都在河里淹死了。那季节正好洚河发大水，惯常没人会行船。货主性急，加钱也要把一船百货运往下游。八个瘤的父母熬不过，硬着头皮发了船。结果船至险急处，一个浪头将船打翻了。八个瘤的父母想抢救货物，一起被卷进了漩涡里。

八个瘤成了家里的顶梁柱，每天得想办法养活又聋又驼的奶奶。等到家中可以换钱的东西都换了，八个瘤只能盯着那群鸽子打主意。吊脚楼东头有家卤菜铺，老板早就叫八个瘤卖些鸽子给他做卤鸽，八个瘤一直没理睬。如今家里没钱了，八个瘤只好硬着心肠捉了鸽子送过去，老板每只鸽子给二毛五分钱。八个瘤隔三岔五捉几只鸽子送到卤菜铺，祖孙俩的日子靠着卖鸽子打发。每回八个瘤送鸽子，迷子都跟着飞过去。八个瘤返回了，迷子还孤零零地在铺子前盘旋。有一天，八个瘤又上阁楼捉鸽子，鸽笼竟空空的，一只鸽子也没有。八个瘤以为迷子把鸽群带出去觅食了，晚上便会归巢。一连等了几天，鸽子到底没回来。八个瘤明白：迷子将鸽群带走了。作为一大群鸽子的首领，迷子不能忍受群里的鸽子被贩卖和宰杀。

六

弟弟将不会说话的八哥放回了田野，目送它振翅飞向远处的树林。然后弯腰抱起跟在脚边的大花猫。花猫似乎意识到自己失而复得的宠爱，格外温顺和乖巧。弟弟仍旧时常跑去码头，望着刘瞎子的八哥发呆。刘瞎子破例打开鸟笼，让弟弟捧着八哥抚摸了好一阵。

端午那天，刘瞎子递给来逗八哥的弟弟一个鸟笼，里面有一只毛色油亮的雏八哥。刘瞎子说这是一只树八哥，舌头已经剪过了，你拿去好好养吧。弟弟依旧每周给八哥喂一次舌血，早晨晚上对着笼子教八哥说话。慢慢地，八哥竟能发出单音，然后是"你好""吃饭"一类的语词，再后来能叫出家里每个人的名字。父母见着八哥伶俐可爱，也时常问起是否八哥该喂水喂食了。花猫的餐食，却每每被一家人忘得一干二净。

七

八个瘤的日子更加艰难，他已经完全辍学在家，每天去河边上捡浪渣，去桑林里挖猪草，卖到镇上换钱度日。次年早春，他在桑林里挖猪草，一抬头，竟看见了迷子。迷子栖在一棵高大的桑树上，定定地望着八个瘤。八个瘤欣喜地叫着迷子、迷子，迷子咕咕地应答，过了许久，才领着鸽群飞走。八个瘤卖完猪草回家，在窗棂上看到了迷子。爬上阁楼，鸽笼里竟已蹲满了鸽子。八个瘤依旧捡浪渣，挖猪草，不再动卖鸽子的念头。卤货铺的老板找上门来，被八个瘤连推带骂赶了出去。

不久，奶奶病了，躺在床上呼天抢地喊痛。码头上过往的熟人听到，跑过来对八个瘤说：你奶奶的病还得看，难道就让她痛死去？

八个瘤爬上阁楼，抱着迷子抚摸了大半天。最后，又从鸽笼里捉走了十只鸽子。奶奶的病虽不见好，吃了药却能止痛。八个瘤每回去给奶奶抓药，都得从阁楼上捉走鸽子。但隔不多久，迷子又会从外面带回一群来。八个瘤觉得迷子的眼神不再清亮，看他时，总有一种淡淡的哀怨。

那是一个黄昏，桑林上空晚霞满天。八个瘤站在大堤上，望见迷子从桑园尽头飞回来。和往日成群结队凯旋式归巢不同，迷子孤单单的，忽而上，忽而下，努力不让自己坠落下去。迷子径直朝着八个瘤飞过来，飞到八个瘤伸出的手掌上。八个瘤看见迷子的羽毛沾满血污，胸脯上结了一块厚厚的血痂。就在八个瘤接着迷子的那一瞬，迷子眼一闭，头一歪，倒在了八个瘤伸出的手掌里。迷子的身上有三处枪眼，都是被气枪打的。八个瘤心里明白：别的养鸽人家，忌恨迷子拐走了自己的鸽子，一狠心动了杀机、下了毒手。

八

刘瞎子挂羊头卖狗肉的秘密，到底被县里的红卫兵识破了。十五六个腰扎皮带的年轻人，雄赳赳冲到刘瞎子的摊子前查"四旧"。甩手掀翻了刘瞎子修锁的柜子，翻出几本麻衣相法之类的书。以此作为罪证，拿出一根绳索，动手捆绑刘瞎子。笼里的八哥见了，扯着喉咙叫喊：畜生！畜生！其中的一个年轻人，连笼带鸟摔在青石板上，一脚踩在了八哥身上。刘瞎子发疯一般冲过去，撞翻踩死八哥的年轻人，捧起地上的八哥，真像死了儿子一样哀号。

再次失宠的花猫已不再回家。偶然在院子里碰见，原来柔顺光滑的皮毛已纷乱纠结，温顺的眼睛里露着凶光。见着弟弟，喵喵喵地叫上几声，似乎是一种挑衅。

那天学校上街游行，一家大小全员出动。等到傍晚回家，弟弟的鸟笼已被扯破弄开，笼里的八哥，变成了一堆血糊糊的羽毛。弟弟操起我的那根竹棍，屋前屋后寻找，一连好几天，怎么也找不到那只他曾经宠爱的大花猫。

九

我养的王子已长得英俊健壮，比当年见过的迷子，更多一分飘逸。王子开始从外面带回鸽群，只是我既不收留它们，也不将它们拿去换钱。

得知迷子被杀的消息，我决定把王子和公主还给八个瘤。取下当初那个木制的鸽笼，把王子和公主送去了吊脚楼。八个瘤穿着一身白色的孝服，刚刚把过世的奶奶葬在桑林里。看见笼子里的王子和公主，八个瘤呆滞的双眼一亮，两行泪水一直流到嘴边。八个瘤打开鸽笼，捧着王子和公主，走上大堤，一扬手，将两只鸽子抛上天空，看着它们远远地飞向桑林，飞向涔河蜿蜒的上游。

八个瘤告诉我，他已卖掉吊脚楼，买了一艘旧的乌篷木船，准备像父母一样，在涔河上下跑码头。或许因为接连失去亲人，或许因为意外失去迷子，八个瘤仿佛一夜之间长成了大人，说话的神情，看上去甚至已有几分沧桑：自己都随波漂流了，还在哪里安顿鸽子呵？人各有命，鸟各有命，还是各随其命吧！

我目送八个瘤走下大堤，登上泊在吊脚楼下的旧木船，操起船尾的双桨，吱呀吱呀地划向下游。慢慢地，他的那一身白色孝服，变成了天水间一个若有若无的白点。

那年，八个瘤十三岁。

（本文原发表于《当代》2020 年第 1 期，有改动。）

猫和尼姑

没想到一只猫的出场，也会那样排场。

至今仍记得那个傍晚，那场没有来由的壮丽日落。这事与猫，照说扯不上干系，但前后几天，山上山下，算来算去只有一件新鲜事：来了那只猫。

但凡天气晴好，我会登上山顶看落日。家住的院子，就在靠近山头的东坡，说是登山顶，其实出门爬不了几脚路。那天的落日格外大，大得如同乡下晒谷晾菜的团箕蒙了一块红布。金红的光焰又粗又亮，一道一道射向天空，夸张得像一幅儿童画。

吴娕驰就是从落日中走来的。

起初是鲜红硕大落日中的一个黑点，慢慢地，变作山路上一袭玄色的麻布长衫。山里有风,长衫被风撩起,有些飘逸出俗。近了,我看见她怀里那只猫,灰麻毛色,羸弱,肮脏。若不是喵呀喵呀轻微叫唤,便会被当作一团纷乱纠缠的旧麻线。

爬了几里山路,吴娭毑不喘不吁,光秃的脑袋上,星星点点闪着汗珠。大抵她早就看到了我,抬头笑笑,又低头看看怀里的小猫,说是路上捡到的,看样子快死了,也不知抱回去能不能救活。

吴娭毑是我家邻居。当初买房,来的是她大儿子。一辆大奔开过来,拖下一麻袋现钞。听说是在深圳发的财,公司开到了海外。邻居是个暴发户,我想还是换栋房子好。挑来挑去大半天,到底没一栋中意。回头只得劝自己:两户人家隔着院子,彼此影响应不大。老子说,"鸡犬之声相闻,民至老死不相往来",平常少些交往便是。后来又听说,儿子买房子,是为了给母亲养老,自己仍在深圳做生意。为人之子,能有这份孝心,如今已属难得!我对这户人家,因之生了几分好感。

邻居装修比我早,待我动手时,已经住了大半年。

头回见到吴娭毑,是在她家院子里。一个穿着玄色长衫的老太太,挥舞锄头在院墙角挖坑。坑已挖了半人深,老太太跳进去,只能看见头和胸。走到院墙边,我主动同她打招呼:挖鱼池呵?老太太咧嘴笑笑,点点头。老太太头上满是汗水,抬手使劲一抹,汗珠被挥出老远。

邻居家只住了老太太一个人。种草栽花，买菜做饭，都是自己打理。偶有客来，午后一定送走，从未见客人过夜留宿。看她样子，大概也就六十出头，平常买米买菜，背个大布袋出门，独自下山上山。偶尔骑辆摩托车，呼呼飙出一阵风。

后来我知道，老太太姓吴，益阳乡下人，娘家住在桃花江边。十七八岁成婚，生了三个儿子。三十岁那年，突然嚷着要出家，家人与友朋，都以为是一时置气，结果她真一甩手，丢下老公和三个儿子，找座庵堂削了发。一家老小追到庵里，她生死不肯见面，硬是在庵里待了三十多年。前几年，三个儿子轮番去庵里吵，非要接她回家。庵里尼姑们架不住隔三岔五有人闹，也劝她还俗离庵。

或许因为年纪已大，老太太最后答应离开庵堂，一个人住去儿子别墅，只是依旧不肯蓄发还俗。家里人心想，只要住回来，还有什么还俗不还俗？天底下信佛之人，有多少是尽享天伦的居士！还真没想到，老太太不仅将打算来住的老公驱赶出门，连儿孙也不准居家过夜。因为怕老太太一赌气跑回庵里，只好由她将别墅当成了尼姑庵。邻里弄不清她算出家的尼姑，还是还俗的居士，便依了长沙对年长妇人的尊称，叫她吴娭毑。吴娭毑听了笑笑，算是作了应答。

吴娭毑过日子，依旧与出家无异。寅时起床打坐念经；卯时吃顿早饭，然后便在院子里剪枝培土、浇花喂鱼；午时正点中餐，过后只饮不食。午后不是在家做各种干菜腌菜，便是下山买米买油。吴娭毑制腌菜，是地道乡下做法：太阳下晒几天，树荫下晾几天，木桶里腌几天，坛子里封几天，绝对循规蹈矩半日不差。腌菜做好开坛，也会盛上几小碗分送邻里。吴娭毑的腌菜味道虽好，却也没人开口向她再讨，邻里都知道，吴娭毑两餐吃素，腌菜是她每天的下饭菜。

吴娭毑从路上捡回一只猫，起初没人在意。平常见了地上的蚂蚁，她都绕着走，救只小猫天经地义。也就三两月，那只奄奄一息的小猫，竟被养得圆圆滚滚、油毛水光，跟着吴娭毑在院子里窜上窜下。走出院子散步，吴娭毑总把小猫抱在怀里。偶尔碰上我，便说这猫有灵性，每晚她打坐念经，小猫乖乖蹲在边上不吵不闹。我开玩笑说，那该给它取个法号，说不准哪天会修德成佛。吴娭毑说，佛教也讲动物修行，《西游记》里不是有唐僧的白龙马？我说《西游记》里的动物，都因前世才有今生，也不是听唐僧念经得的道行。

见我将信将疑，吴娭毑又说起这猫还吃素，每餐同她一起青菜白饭，吃得津津有味，养得肥肥实实。吴娭毑吃全素，自然不会拿荤腥喂猫，我以为是买了成品猫食，没想到这猫还真跟着主人吃了素。都说天下没有不吃腥的猫，怎么吴娭毑的猫就例了外？有道是近朱者赤，莫非这猫真被佛经感化了？

吴娭毑的鱼池挖得大，养了一池鱼和龟。别人家养鱼为观赏，吴娭毑则为了放生。逢上菩萨生日之类，吴娭毑便会买回一些鱼和龟，放生在院中池子里。一天，我见她放生几尾鲤鱼，小猫蹲在旁边，不跳不闹，一点没有猫见了鱼该有的兴奋。心想，这只猫怕是真会修成正果，要不就是前世修了德。

这事开初新奇，后来又觉得有几分怪异。身边成天晃着一只积了功德的猫，见了得诚惶诚恐当尊佛敬着，怎么想心里都古怪。

一个雨夜，吴娭毑的猫突然撕心裂肺惨叫。我跑到自家阳台上，看见吴娭毑满院子惊慌失措东寻西找，大雨淋她一身透湿。次日天放晴，我问吴娭毑猫怎么了，吴娭毑说没事，可能被钻进院子的野物吓了。语气很平淡，眼神却显得忧虑，看上去，隐隐有几分不安。

没多久，猫的肚子大起来，看得出是怀了孕。吴娭毑不再把猫抱在怀里，有时跟在身边，便满脸嫌弃地往家撵，很有些家丑不外扬的意思。猫儿跟着修佛一两年，到头却犯了色戒，让她脸上挂不住。嘴里虽然说畜生到底是畜生，心里却很是失望，仿佛自己律徒不严犯了戒规。

有阵子吴娭毑很纠结。依猫所犯罪孽，理该将它打出家门，然而猫已有孕在身，倘若赶出去，饿死或被歹人抓去吃了，那便毁了几条命，等于自己杀了生。纠结来纠结去，最终还是自己解了结：出家人以慈悲为怀，救人一命胜造七级浮屠，留猫一命少说也有三级，何况猫肚子里还有好几条命。宽恕也是一种积德行善！吴娭毑这样一想，心思也就放下了。她把猫窝换大了，又变换着口味给猫单独做饭，只是仍旧不让猫沾荤腥。

猫产崽那天，吴娭毑兴奋得一脸潮红，隔着院子大声报喜：一胎生了六只！那神情像是自己得了孙子。小猫长得快，个把月便毛茸茸一团满院子打滚。母猫蹲在阳光下，由了猫崽一会儿钻到肚皮下吮奶，一会儿爬到背脊上玩耍，满是慈母温情。

我家鱼池里养的是观赏鱼，共有十九条，纯种的日本锦鲤。一位做鱼生意的朋友送过来，说是花纹和体形都认真配过。锦鲤放进池水，如同朵朵盛开的牡丹和芍药，的确悦目赏心。朋友说只要好好养，每条都可以长到十余斤。开头一两年，我都自己喂食、换水，没让家人沾边。时间久了，慢慢便喂一天空两天，不再那么上心。家人也是想起了撒把鱼食就走，没多少心思站在池边观赏。

有个周末，想起鱼池几月未清洗，便备好工具洗池子。走到池边一看，锦鲤少了大半。放干池水，只剩下五条大点的，而且背上均有抓痕。我猜一定是被猫抓走了，低头看池边，果然地上有好些鱼鳞。首先想到的，自然是吴娭毑的猫。我们这山上，只有她家养了猫。当然也想过是不是来了野猫，可一池鱼养了四五年，从未见过野猫的影子。这事该不该告诉吴娭毑？想想还是没吭声。一则她家的猫向佛不爱鱼，是我亲眼所见；

二则倘若真是那只猫，吴娭毑又当如何处置？这事会让她又愁又难没法解脱。

吴娭毑的猫偷鱼，后来还是在山上传开了。好几户邻居养的鱼，不明不白都少了或没了。其中一户说，亲眼看见是吴娭毑的猫。一家人跑到吴娭毑院子里，嚷着要把猫打死。吴娭毑并不相信她的猫会去抓鱼，却又无法辩解，只说：猫命也是一条命，施主何必杀生造孽？平日里吴娭毑并不与邻里谈佛论道，情急之中脱口而出，反倒让气鼓鼓的对方平和下来。

过后吴娭毑问我，家里的鱼是不是也被抓了？我知道吴娭毑仍旧怀疑，一只修佛的猫，怎么会破戒杀生吃鱼？我替她放干院中鱼池的水，结果不仅鱼没剩几条，连乌龟也少了许多。更让吴娭毑绝望的，是在院角一片树丛里，找到了一大堆鱼骨和龟壳。

一连好些天，不见吴娭毑出院门，也很少见她在院子里走动。家里传出的诵经声，从早到晚纺纱似的不停歇。我猜想，她是在为那些被吃掉的鱼龟超度，也是在为自己的罪孽救赎。她从路上捡回这只猫，原本是想救条命，没想到却杀了那么多生。作为出家人，本应一切皆可放下，一切皆已放下，偏偏在这救命与杀生的因果上，打了一个死结。

担心吴娭毑病倒，我跑去她家院子敲门。吴娭毑真的一下清瘦了许多，原先红润的脸上，纵横都是皱纹，看上去像是老了十岁。她提了一只麻袋绑在摩托车后座，跨上车子朝山下开去。麻袋里"喵啊喵啊"一片叫唤，我知道她是要将猫们扔去山下。

傍晚她骑车回来，背后仍旧一片猫叫。吴娭毑见我诧异，便说还是不忍心，如果丢在路上，小猫都会死了去。我说城里有专收流浪猫的地方，她告诉我去过两家，人家都不收。其实他们只收走丢或弃养的洋猫，土猫没人领养。

大抵又纠结了几天，吴娭毑还是将猫扔到了山上林子里。或许在她，这便算是放了生。

返回山林的七只猫，倒是一只也没少。过了不到一年，变成浩浩荡荡一大群。即使大白天，猫们照样翻墙越院，一只比一只身手矫健，勇猛凶悍。有了这支野猫队，山头上的人家，鱼池养的鱼，放一尾抓一尾，各户圈养的鸡鸭，也被叼得一只不剩，车道上，院子里，常见一地血糊糊的鸡毛鸭羽。

吴娭毑家的院子日渐荒芜。花木无人打理，反倒长得放肆。吴娭毑似乎睡得越来越少，日里夜里，都能听见她诵经。那夜回家晚，正好又是满月，我看见吴娭毑家经堂的窗口，蹲着那只母猫，前爪趴在玻璃上，像是望着屋里打坐念佛的老主人。窗下一群猫子猫孙，大大小小蹲着不动不叫，仿佛专心听吴娭毑诵经。一连好些夜晚，大体都是如此。我把这事告诉她，她回答说看见了，之后不再说什么。

又是一个黄昏，我照例站在山顶看日落。吴娭毑身着一袭玄色长衫，肩背一只布袋，锁上院门下山去。我问她：这么晚了还下山？她点点头，笑了笑，径直走向山下。山风渐大，吴娭毑的长衫越吹越鼓，身影却越变越小，最终变成了落日中的一个黑点。

从山头下来，我又见那只母猫，蹲在吴娭毑家的院墙上，引颈望着上山下山那条路，直到夕阳落下去……

此后，再未见过吴娭毑。说是回了庵里。

（本文原发表于《芙蓉》2020 年第 5 期，有改动。）

迷 信 大 趋 势 的 人 ，

往往都败在小概率上。

阿满娘

阿满娘到底走了。走时天雨,一连好几天。

正月阿满来,问及他娘的病,阿满说:快了,怕是只过得了这个春节。瘫在床上十多年,苦!走了也好。

我想也是。阿满娘生了八九胎,养活六女一男。儿多母苦,何况又在吃了上顿愁下顿的乡下。阿满娘早年落下一身病痛,大抵都是因为穷。后来阿满有了钱,病却依旧治不好。我只见过阿满娘一回,那时已在病中,躺在乡下的老房子里。听说我来,便支起身子,靠在床头板上。夏日的夕阳透过窗子,照射在脸上,我看见纵横交错的一脸沟壑。

不想和阿满娘扯病痛,便找了个玩笑话题。我说,新近阿满提了厅级干部，按规定，可以再找老婆生个崽。我帮阿满挑了两个年轻妹子，你看哪个能生崽？说着指了指同行的两个美女。

阿满娘养了一群丫头，只有阿满一个崽，如果阿满还是个丫头，估计会一直生下去。阿满娘是当地的接生婆，没拜师，久生成良医。据说有看看肚子便知是男是女的本事。这本事，用在别人家屡试不爽，自己家却不灵验。阿满的老婆怀孕，他娘怎么看都是个孙子，隔三岔五把乡下的鸡鸭鱼肉往城里搬，生怕亏待了儿媳肚子里的小孙子。夜里把几个女儿叫拢来，一针一线给孙子缝衣做鞋。孙子没出生，衣裤鞋袜已堆了半屋子。阿满老婆分娩，诞下的却是个女婴。守在手术室门口的阿满娘，先是不信，后是不依，死活认定医生调了包，换了她的孙子给别人，呼天抢地要医院换回来。后来，孙女长大了，阿满娘仍旧时常说，她看男看女不会错，弄得儿媳妇发了几回大脾气。

听了我的话，阿满娘摇摇头说：你逗我！天下哪有这样的怪政策？一脸不会被欺蒙的会意笑容。我和阿满驱车返城，车刚发动，阿满手机响了，一看是他娘。电话里阿满娘开口便问：老板刚才说的是真的啵？要是真的，和你们一起来的两个妹子，都是生崽的相！

我朋友中，测智商阿满第一。这一点，据说从母。阿满爹在世，喜欢黏在牌桌上。打纸牌纸牌输，打麻将麻将输，每天从日出输到月出。等到晚上阿满娘把屋里屋外拾掇停当，笑笑嘻嘻替下阿满爹。不到两个时辰，便把阿满爹一天输的赢回来了。

那阵子，我和阿满创办一份新报纸，每天三更半夜才回家。阿满娘见儿媳妇脸色越来越阴沉，便扯着儿子悄悄问：天天在外干些什么？阿满随口答：呷茶。次日，阿满娘早起，烧了一大罐茶放在桌上，对着准备提包出门的阿满说：今天早点回来，屋里烧了几好的茶！

阿满照旧出早归晚，他娘烧的茶，尝都没尝。不管儿子喝不喝，阿满娘照旧每天烧一罐。一个周末，阿满娘终于逮着了晚起的阿满，不由分说将阿满拉进自己的房间，压低声音，说了一番振聋发聩的话。

阿满娘自然说的是湘北土话，而且一字一句，说得庄严神圣。翻译成普通话，大意如此：满伢子，你自家的堂客，你自己要搞一下；别人家的堂客，你要让别人搞一下！

当时报纸即将创刊，阿满自然不是在忙他娘担心的事。阿满把他娘的话告诉我，乐得我哈哈大笑。当时正好为创刊号头版头条发什么犯愁，我说如果创刊前一天没有大新闻，就用这个做头条：一个乡下老母亲，谆谆告诫城里当官的儿子，屋里屋外如何讲公德。

自然，这只是一句玩笑话。创刊号用了"女足获胜"做头条。二十年过去，如今想来，倘若当初用了这个做头条，还真比刊登"铿锵玫瑰"的体育新闻有价值。

那天去吊唁，阿满娘已嵌在相框中。脸上依旧堆着会意的笑容，嘴角一丝狡黠，蓄着满满自信，仿佛世间一切早已被她看透。

一个人的桃花源

老汤是个怪人。当年朋友介绍，就这么说。交往七八年，回头想想，还真是。

说他怪，起初老汤也不回怼，但憋屈。一双圆鼓鼓的眼睛，定定望着你，满是孤傲与无奈。时间一久，似乎也不在乎了，任你说，他只是笑。其实，老汤平时爱笑，笑起来哈哈哈哈，坦荡、爽朗，很能感染人。我喜欢看老汤笑，他会将你带得轻松畅快，让你心无挂碍。

头回见老汤，他就是这样一脸笑，如春风，如秋阳，温煦敞亮。那是2017年，桃花源里的一个仲夏夜，月好，雾也好。月笼薄雾，水一般荡漾。远处的山，近边的谷，沉浸在这月中雾中，一同荡漾。就着静穆蕴藉的夜色，当地的一位朋友，陪我喝茶聊天。不知怎么，便聊到了老汤，说他是一个怪人。她说就在桃花源的一条山沟里，老汤投了五六个亿，建了五六十栋木房子，折腾了七八年时间，就是不肯开业。当地官员、农民嘲笑他：花了五六个亿，折腾了一个民宿，人家一年半载能搞定，他却十年收不了摊！老汤颇不屑，一副鸡鸭不同讲、燕雀安知鸿鹄之志的轻蔑，说自己建造的，是中国最有文化情怀的度假村落，目标就是超安缦。当地人哪里知道安缦，只晓得安利或者安妮……

我一听，便笑了。心想，这桃花源就是桃花源！什么事，听上去都像童话。因为管酒店，国内国外的安缦，我真到过几家。超越安缦，想的人或许有，真金白银砸钱干的，没见过。我问朋友：真正的投资人是谁？朋友答：老汤呵，汤春保！我又问：老汤是谁？朋友再答：一个本地农民！我觉得不是朋友在说童话，就是老汤原本是个童话。朋友见我不信，便给老汤打电话，说是介绍个做文化产业的大佬，让他赶紧来。

约莫半小时，便有人推院门。门开，见一矮矮墩墩的男子，圆脸、光头，笑得像尊弥勒佛，披了一身白晃晃的月光进来。一件对襟衫，一条阔裆裤，仿佛念完经刚下课。怀里抱了一沓图纸，差不多顶到了下巴。朋友介绍：老汤，汤老板！老汤放下抱着的图纸，抹了抹额上的汗珠，也像是抹额上的月光，灿烂一笑：什么老板？我就是个农民！似乎怕我不信，指着门外月下的一道山脊，说他家的老屋，就在那座山下的沟里。他对农民身份的强调，或是自谦，或是自信，或许还是对一个所谓大佬的挑衅，但他那坦诚爽朗的一笑，便将一切都消融了，你只觉得，他就是实话实说。

朋友问：搬这么多图纸干吗？老汤说：来了行家，没有图纸怎么请教？我想，老汤应该是猜透了我的心思，搬图纸，只是为了证明，他追求的目标并非笑话。翻开图纸，我一看便知，绝非大事务所的作品，其中好些手绘图，亦非专业手笔，有的像儿童画，有的像木工泥工的示意图。不过，将这三类图纸叠加起来，我能想象出这个项目，的确颇似法云安缦，但更村落化，山体、溪流与建筑的布局，感觉更和谐妥帖。我问概念设计是谁，老汤说是他；问建筑设计是谁，老汤说是他；再问环境设计是谁，老汤说还是他。朋友说连木工、泥工活儿，他都自己领头干，何况是规划和设计！老汤说，为了考察湘西北民居，他花了近两年，把常德、怀化等地的古村落差不多跑遍，还跑去江西、安徽和福建，考察了各种风格的老村落。建筑这些房子的木材、石料，全是在老村寨里搬来的，一木一石，都有岁月的包浆……

我有意将话题扯开，说到安缦和虹夕诺雅，看看他对奢华酒店究竟知道多少。老汤说：法云安缦最大的失误，是用了非本土设计师。这些人擅长的，是文化表现，而非传承和保护。一个外国人，无法真正体会中国村落的奇妙，传达不出东方精神的精髓。而虹夕诺雅，虽充分利用了自然山水，但仅仅是利用，其建筑，缺乏真正源自山水的"生长感"。老汤这番见解，显然不是来自书本。因为他高中未毕业，便辍学去跑长途货车了，其后再未进过校门，也未拜师读书。早年，他迷恋的是赌博，一上桌，可以七天七晚坐庄不下场。后来金盆洗手，接手了爷爷积攒的一点家业，卖建材、做地产、办学校、开酒店，虽说风生水起，但都在常德那个小生意圈里滚，并未沉下心来读多少书。他对自然、文化与建筑关系的理解，应该来自审美天赋，更来自他对传统村落生活的迷恋。我是信奉山水启悟、习俗熏染的，因而他的审美观、文化观，应该与其长期生活在桃花源有关。老汤的怪，大抵是因为其商业逻辑、审美禀赋和文化情结，与其身份和生平相悖太远，以寻常眼光，怎么看他都像个谜。

　　次日一早，老汤领着到了山沟里。同行的，还有梁建国。老梁是"新中式"装饰风的首倡者，行业里公认的设计大咖。老梁说，这个项目他来看过多次，能做成"新中式"的代表性作品。老梁的参与，给了老汤启发和参考，但老汤心里要的，终究不是提炼某些传统要素的"新中式"，而是湘西北民居的原味陈设，一种乡村的传统手工与审美，一种纯粹民间生活的沉浸感。到头老汤割舍了"新中式"，自己画图、选型、配搭，他将那些地道的传统手工和场景，将一种正在消逝的文化符号，还原、激活为一种村落生活方式，回溯、升华为一种桃花源式的生命体验。老梁与项目失之交臂，心中颇为不舍，但他很明白，这个项目，已经不是一个产品、一个商品，而是一个呕心沥血的作品，其作者，永远只有一个，那就是老汤自己。

沿秦溪行，左拐入两山间。一道溪水，依山谷蜿蜒而下，时溪时塘，时窄时宽。水至清，倒映满谷苍翠，如漱玉涵碧。有水声、风声，与空山虫唱鸟鸣交响，不宏大，缥缥缈缈，更显山谷的清寂幽远。阳光与空气一样新鲜，从树木竹篁照入，射出一道道晃动的光柱，照耀林间苔藓、蕨类和星星点点的野花，有一种人迹罕至的原始感。远望是看不清建筑的，间或风曳树梢，会现出一角青檐，旋即又被绿树淹没。看久了，若隐若现的，像一场孩童游戏。走近，山谷里有一个一个的小院落，一栋一栋的木房子，枞菌似的，一丛丛一窝窝长在林子里，看上去自生自灭，与天地山川浑然。院子的围墙，都矮，从竹林或树丛中逶迤过来，如一根根沧桑的巨藤。墙体或为土筑，或为石垒，或为砖砌，上面或长满绿苔，或爬满青藤，或垂满野花，各个不一。其样貌与风姿，兀自天然，并不格外地攀比招摇。院子的地坪，皆为糯米、石灰、黏土加桐油夯筑，洁净硬实，看上去却一如泥地，与农家旧时的晒坪无异。

木屋多为一层，是湘西北民居的形制。或三间，或四间，偶尔也有多一间耳房的。深褐色的立柱、板壁、已经长满瓦苔的屋顶，透着饱经风霜的苍老，让你辨不出坐落在这里已经多久，你只能想象，它已历经山外多少番风起云涌的改朝换代。入门即堂屋，右厢卧室，左厢洗漱间，各室宽敞而不空落。房顶高，青瓦与木梁橡条匹配，有一种与户外呼吸相通的舒畅感。堂屋后墙，是整块大玻璃，将屋后的山坡、竹木直接映入，一年四季风物更替，每日都是新鲜的景致。若是下雪天，则如栖卧于皑皑雪野之上。室内的木器，极考究，为金丝楠老料制作，故宫专家的手艺。布草为纯麻细纺，原白色，朴素里透着舒适。洁具顶奢，所有五金件，皆由意大利捷仕定制，为中式老铜款。

我想，设施用具一例专属定制，花五六亿，倒也正常。只是面客的院子，只有几十个，平均的造价，依旧高得离谱。老汤说，花钱多的不是这些地方，费钱的是老木料、老石料，还有用这些老料建房子花的几倍甚至十几倍的工时。工人是快绝迹的老匠人，且都是手上的活儿，一快就入不了法眼。譬如每间房子的窗户，都是上百年的雕花，大小花型不一；每栋房子的结构，要根据窗花来设计和建筑。还有园林景观，你看到的都是自然林、自然植被，其实整条山谷，都是移植的，一共移栽了近两万棵树。这地上、墙上、屋顶上的青苔，也是种植的，前面一片三四十平方米的青苔，种植和养护，已经花了两百万。老汤这一说，我便发现，这里的每一公共区域，选址造景都堪称绝佳：餐厅是一栋两层楼的四合院，靠山临水。院中的一株朱砂梅，树冠如伞，覆盖了整个中心庭院，春夏绿叶如纱，及至花季，满院朱梅如霞，暗香浮动一沟月色。泳池则设在山顶，一池碧水映月，星光与萤火互辉，晚风弄波，其趣如溪间野浴。其茶室，均设在幽深的竹林里，一壶自产明前茶，就着四面的竹影松风，不似魏晋，胜似魏晋。还有稻田、池塘、茶园、果林和溪畔草地，其间鸡鸣犬吠，炊烟袅娜。水牛在坡上啃草，鸭群在田里觅食，白鹤在水边濯足、浴羽。满坡满谷的树花草花，开得又疯又野，如村姑似的泼辣嬉闹。这里的寂静与喧哗，存乎天地间，钻进灵魂里……

我不明白，酒店似乎已经万事俱备，老汤为何不肯开业面客？开了虽不一定赚钱，至少能省去每年近千万的维护费。老汤的回答，又一次令我刮目相看。老汤说，他要的不是一家酒店，而是一个村落，一个再现桃花源生态与境界的村落。如果只是一家酒店，再好，不就是多一家安缦？作为一个村落，这里功能尚未齐备，更重要的，是我还没有呈现桃花源的灵魂，东方村落文明的灵魂。

假如永远呈现不了呢？我问他。他说，那就永远不开，只当赌博输了。说着他一笑，笑得像个拧巴倔强的男孩。他说还有一件大事要做，估计需要两三年时间。即使是要完善村落，我也想象不出还有什么大工程，需要这么多时间。原来是他在

竹林中，发现了一种神奇的植物，学名翠云草。这草一年四季
蓬勃葱茏。同季之中，同一天中，不时变换颜色，红如玛瑙，
绿如碧玉，黄如纯金，甚至同时同地，每株草叶的颜色都不同，
长在一起五彩斑斓。老汤要铲掉山谷里现有的地被，全部种上
翠云草。老汤带我去看翠云草，那草叶形椭圆，细小可人，边
沿呈锯齿状，藤蔓细长，铺在地上，像一条条精致的蕾丝。我
脱口而出：上帝的蕾丝！老汤大喜，觉得这名字不仅传神，而
且美，美得摄魂。他要用两三年时间，让整条山谷，种满"上
帝的蕾丝"！

老汤似乎完全不在意地被重植的巨大成本，以及推迟两三
年开业对项目的影响。我有些怀疑：他究竟是投资人，还是一
个率性而为的设计师？其实，他的自有资金，已经所剩不多，
因而正在四处张罗银行贷款。照说这么大的投资，贷款十分正
常，但无限度追加投资和延期开业，突破了风险管理的底线。
虽是新交的朋友，但我还是忍不住提醒：你现在紧要的，是尽
快完成这个产品，成功将其转化为商品！老汤却不以为然：我
做的就是一个作品！在我心中，从来就不是一个商品。老汤所
言不假，他的行动已经佐证了他所说的话。

老汤喜欢说些很有情怀的话，比如要拯救湘西北民居，要
再现桃花源，要复活东方村落文明，等等。平心而论，我很不
习惯。这些宏大主题挂在嘴上，尤其是挂在一个发了财的农民

嘴上，总让我有种荒诞感，但老汤所做的一切，似乎又只能如此解释。于是我常常套用一句谚语调侃：不怕飞机拉粑粑，就怕农民爱文化！老汤听了，并不生气，照例笑得像一尊弥勒佛。慢慢地，我再说，其中敬佩与赞扬的意味，已远远多于调侃。

我俩似乎都觉得投缘。他想请我担任文化顾问，我未置可否。但他隔三岔五找我讨论，我会全情投入，时常争得面红耳赤，不明就里的人，以为是两个股东在扯皮。

老汤真的将翠云草种遍了山谷，无论哪个季节去，溪畔田边，院前院后，甚至檐口墙头，都是五彩斑斓的色彩。你无法想象，纵是相邻的几丛，也各是各的颜色，而且配搭得如此奇妙、如此和谐。老汤应该可以开业了！我没来得及向他道贺，一场大旱来袭，遍地的翠云草，死去了三分之二。我以为欲哭无泪的老汤，一定就此罢手，可他照旧一脸笑容，领着园丁，手足并用趴在山坡上种翠云草。他给所有草地装上喷灌设施，笑眯眯地对我说：再旱也不会死了。这一折腾，又是两三年。其间，他又建了戏楼、手工艺馆、禅修房，配齐了村落的功能和场景。然后将云舍酒店改为了云舍村。他让我为村子想一句广告语，我说了四个字：坐听心跳。起初他觉得很好，后来又觉得没有突出村落文化。之后我又想了两句话，"梦中桃花源，世间云舍村"！他看了心花怒放，微信里连连致谢。我以为这算是定了，可他推出的公号里，从头到尾找不见这两句话，最终他用的是“东方村落文明”。不用猜，这句话是他自己的。他这十多年，夜以继日就为这六个字，他没法不直抒胸臆喊出来！

老汤终于决定开业了！我有些不信，这回他说得斩钉截铁，“十一”开业！他和我讨论起开业的准备，说院子里的艺术品还缺着，不知怎么办。我说老的书画收不起，新的名家又不知请谁，不如收些桃源刺绣和桃源木雕，真正的本地民间手工，审美上高级，文化上有在地性，能突显和提升云舍村民间文化与工艺的品位。老汤连拍脑门，说这么好的资源，怎么就没想到，差点坐在饭甑里饿死了！

过了两个月，老汤一次次邀我，说是找到了极好的桃源绣与桃源木雕，令人震撼，一定让我去云舍村先睹为快。我一去，老汤便领我去看十来幅装好的桃源绣，竟是清一色的青花刺绣，拙朴鲜活，抽象简洁，有青花瓷的脱俗清雅，却又多一份真纯泼辣的山野气。我没想到，桃源绣还有这样一个朴雅兼具的青花绣品种，审美上，的确比“四大名绣”更有民间生趣与活力。老汤又带我去看桃源木雕，其所雕人物，形态生动，表情传神，故事则具有浓厚的民间意趣。我觉得，这两种当地的民间工艺品，为云舍村找到了文化与审美上的灵魂，可以为其画龙点睛。老汤要倾其所有，将这些刺绣和木雕精品，从藏家手中收过来，在村里做两个展陈馆，同时请刺绣和木雕的老艺人，现场定制……

“十一”大假过后，我再去云舍村，村里依旧幽静空寂，除了身着麻质工装打理草木的园丁，便是阳光与流水。行走其间，竟如我头回进谷，一样的静寂与苍茫。老汤还是没开业，说是营业证没办下来，但我知道，这是托词。真正的原因，应该是资金的原因，他看中的桃源刺绣和桃源木雕，尚未全部收过来，手工艺人亦尚未找齐，展陈馆还不能开放。老汤就像一个关在闺房里对镜梳妆的少女，总觉得"头未梳成不许看"，装扮越久，越是不敢见人。别人做文旅，是拿钱做项目，老汤则是拿生命做作品。这十四五年，他为这个作品，不仅把自己由一个放款人变成了一个贷款人，而且把自己由一个青葱后生熬成了一脸沧桑的中年人。他困在山沟里，种花种草，垒石筑屋，种了毁，建了拆，反反复复自我折腾，其实不是在做项目，而是自我修行。我看他，待人处事，越来越像个出家人，当年腰缠万贯，还时常为生意焦虑心慌，如今身负贷款，反倒不焦不躁，一副气定神闲的样子。白天在水边，他能坐在那里，静观一只蜻蜓飞来飞去；夜晚在竹林里，打坐听自己的心跳，直到月沉星稀。有一天，聊到开业造势，我说有一个点子，就是开业那天，你剃度出家，保证立马刷屏！一个富人，十多年躲在山沟里修行，把自己弄成了一个穷人，也把自己修成了一个出世之人，这故事，保证能不胫而走。老汤笑一笑，觉得我是调侃，其实我说的是心里话。人家说桃花源，只是一种向往，而老汤，却是身体力行的修炼。说到底，他比谁都明白，所谓的桃花源，只在人们归返自然、归返自我的修炼中。而他念兹在兹的云舍村，只是他借以修行的一个道场！

是夜，我俩坐在山坡上的院子里，喝茶听风，看天上的残月和间或一闪的流星。好一阵，谁都不说话，静坐在那里听自己的心跳，听彼此的心跳。临别起身，老汤说：也不要搞开业仪式，不搞宣传推广了，有缘人来了接待，无缘人，吆喝他也不会来，反正也不可能靠这村子赚钱回本。再说人一多，这里就不是云舍村，不是桃花源了……

老汤提了个灯笼，沿着山道走下去，他住的院子，在谷底的溪流边。夜很浓，不一会儿便淹没了老汤的背影，还有那一摇一晃的灯笼。一灯照隅呵！老汤的云舍村，究竟能成为多少有缘人心中的桃花源呢？

（本文原发表于湖南新闻综合门户网站"红网"2024年3月5日，有改动。）

嘴 应 该 是 自 己 的 专 属 媒 体 。

沉 默 是 一 种 负 责 任 的 媒 体 态 度 。

愚咖咖的暑期流水账

咖咖回上海，是立秋后的第二天。送他去机场，一路上骄阳似火。我抱怨节气都立秋了，天还这么热！咖咖却说：立秋了就是立秋了，天气马上就会凉下来的！那口气，哪里像个八岁的城里孩子，倒像是在乡下种了半辈子地的农民。也不知为什么，咖咖打小就对农时敏感，背诵二十四节气，比背十二星座顺溜多了。

进了机场，咖咖挥挥手，大大咧咧走向安检口。走着走着，突然一转身，飞奔到我和奶奶面前，张开双臂，将我们紧紧抱住。他把头埋在我怀里好一阵，然后又突然转身，径直跑进了安检口。这一来一去，咖咖始终没让我们看见他那双晶亮的眼睛，感觉他是有意在遮掩躲避，免得惹我们动情伤心。这孩子，小小年纪，情感竟如此内敛隐忍，懂事得有点让人心疼……

回到家里，院子空落落的，唯有热辣辣的阳光满地都是。好在真有了风！风一吹，身上便凉爽下来了。果然一立秋便有了秋意，真应了咖咖的话。

差不多一下午，我前院后院来回跑，一楼二楼上下爬，不知道想找什么，也知道没什么可找，却总期待着有什么意外发现。这院子，住了十多年，竟突然觉得有些陌生了。

咖咖临行前，自己收拾好了行李。要带回上海的东西，整整齐齐装进了旅行箱；不带走的，分用途拾掇到了不同的地点：乐高和无人机，放在了地下层的收纳室；衣帽鞋袜，收进了一楼的衣帽间；做完的作业和手办，摆在了二楼的书房里；从马尔代夫给我和奶奶带回的礼物，则放在了各自的书桌上。咖咖带给我的，是一枚精美的书签，红木的签板上，趴了一只玲珑的贝雕小海龟。他说爷爷是作家，看书和写作，书签都会用到的。当我把咖咖留下的东西来来回回看过，才确定自己在找的，不是某个具体物件，而是咖咖在家时的那种气息和氛围。

咖咖打小有主见，什么事有了自己的想法，别人很难劝说和更改。刚出生那会儿，他爸爸给取了个小名，叫小愚，有时也叫愚宝宝。一家人叫到三岁，有一天他突然宣告：小愚太小气了，我要更名叫愚咖咖！问他咖咖是什么意思，他也不回答，只说就要叫愚咖咖。之后谁再叫他小愚或愚宝宝，即使面对面，他也不理会，除非你改叫他愚咖咖。

再是每天穿什么，他得自己挑，大人在一旁插手帮忙，他会生气扔回去。起初以为是他年幼任性，后来发现，关于穿什么，他还真有自己的审美。色彩、款式、面料的选择与搭配，他有一套自己的原则，不会被人影响。平时添置衣物，他得自己去商场。别人买回来的，十之八九他不会穿。

读书也是，他会自己跑去图书馆挑择，同学推荐的，大多翻翻就放下了。别人喜欢读 J.K. 罗琳的《哈里·波特》，他喜欢读图伊·萨瑟兰的《火翼飞龙》；别人喜欢看翻译过来的日本漫画，他喜欢看英文原版的科普和编程图书。总之，他是个人小鬼大、生活中不好糊弄的小精怪。

刚来长沙那晚，睡觉时，我和奶奶担心他想父母，便打算到房里陪着，毕竟他才八岁。结果他自己洗澡、更衣、刷牙，最后关灯睡觉，根本不让我们陪在卧室里。一天清晨，因为天气干燥，他刚来不适应，鼻子流了很多血。他不哭不叫，爬起床自己用棉球止血，像一个冷静熟练的医生。看见垃圾桶里带血的棉球，我和奶奶又惊吓又心痛，他却满不在乎，说他过去也流过，知道怎么处理。看我们吓成那样子，他竟哈哈大笑，觉得我们的紧张与心痛有点大惊小怪。

咖咖平常爱玩的，是乐高、魔方和折纸。奥特曼、变形金刚以及各式各款的电动玩具，他都兴趣不大。一个朋友送了他一架无人机，只玩了一个早晨，便收捡起来不再充电。他说无人机飞起来的样子很呆板，不如院子里飞来飞去的鸟儿，姿态那么好看。他也时常在草地上撒些谷物，招引大大小小的鸟儿飞过来，但他不像我小时候，会设下陷阱诱捕鸟儿，他只是静静地躲在一旁，观察、欣赏鸟儿们自由自在地起降和飞翔。咖咖玩魔方，技术好得让人眼花缭乱。他让你把色块随意弄乱，越乱越好，再三下五除二还原为清清爽爽的六个颜色。

亲友们知道咖咖回来了，带了礼物来看他，带得最多的，是乐高。咖咖一看是八到九岁年龄段的，拆也懒得拆，放在那里等待有小朋友来，大大方方送人。其中一个朋友，带了一套十八岁年龄段的乐高来，其取材于一座日本的古城堡，名叫姬路城。咖咖一看是成人版的，立马来了劲，坐在地上便开始拼装起来。每天一小时，一连五天，他硬是将"姬路城"拼装完成了。他搬了凳子，小心翼翼将拼好的作品摆上高高的壁炉，回头反复交代：谁都不许搬走呵！

折纸咖咖也很拿手，鹤啊兔啊飞镖之类的，折起来像是变魔术。出门时，他喜欢带上一本五颜六色的彩纸，坐在车上没事干，便扯下几张来，先配色，再裁纸，最后折叠成型。咖咖裁纸是不用刀的，折好线了用指甲来回刮几下，再举在空中慢慢撕开，整齐漂亮胜过刀剪刀裁。有时他也会教我，兔子仙鹤太复杂太精细，我只能折飞镖。只是无论多么用功夫，我折出来的飞镖扔出去，总也飞不远，色彩也没有咖咖的亮丽。

　　咖咖来度假，我们以为就是让他吃好睡好玩好，没想到他妈妈所列的日课，竟写了满满的一张清单。除了每天傍晚的游泳课、网上的数学课、由我来讲授的语文课，还有英文经典阅读、唐宋诗词背诵等，按时间算，每天超过了十小时。我担心课业太重他会心生厌烦，具体什么时间学什么，便由他自己安排。咖咖排好了时间表，时间一到，马上会提醒我或奶奶。倘若因故耽误了，再晚他也要补回来。纵使哈欠一串接一串，硬撑着也要做完作业才肯上床。咖咖在上海，上的是国际学校，因而英文阅读能力强，大本大本的英文原著，捧在手里读得津津有味，还不时看得会心一笑。等到背诵唐宋诗词，就没那么顺畅了。一首七律或歌行，有时背了半个小时，还是不怎么利索。可睡了一觉起来，第二天你再让他背，却是滚瓜烂熟的。暑期四十天，他竟背下了七八十首古诗词。

　　每天的游泳课，请的是专业教练，严厉得让人不忍心看下去，50米的泳道，动不动就是20个来回。奶奶看着心疼了，便和教练讲价钱，被教练白了一眼，撵出了游泳馆。咖咖练动作，从来不打折扣，一丁点没到位，不等教练提醒，便会自觉重来。流过鼻血那几天，我想让他停练休息，怎么说他都不愿意。教练准了假，他仍旧坚持要去游泳馆。教练见他如此自觉和自律，便不再对他增加运动量，害怕他自己加码，造成体能透支。课程结束时，咖咖向教练致谢和道别，教练说咖咖是他二十年教过的学生中，蝶泳学得最快的。

每回从游泳馆出来，咖咖会拍着肚子说：爷爷你听，饿得咕咕叫了！爷孙俩便在车水马龙的大街上找吃的，有时是烤肉，有时是日料，有时是粉面。自从吃过四姐的原汤肉丝粉，他便上了瘾，劝他再试试别的，他便一边摇头，一边找理由说服我，说是吃一顿烤肉或日料的钱，可以吃50碗肉丝粉，多么奢侈浪费呵！临回上海的那顿晚餐，他执意将一家人叫去了四姐粉馆，给每人点了一碗原汤双码肉丝粉。他边吃边对妈妈说：可惜上海没有四姐米粉！那种遗憾的神情，让人恨不得把粉馆给他搬到上海去。

咖咖来长沙的前几天，我们跑去菜市场，买了满满一冰箱的菜。还特地托朋友从乡下买了两只野生甲鱼，心想这东西在上海难得吃到。咖咖听说水池里养了甲鱼，便跑去捞出来，放在院子里任由它爬来爬去。我们要杀了甲鱼给他炖汤，他说什么也不准许，非得给他留下来养着。甲鱼怕蚊子叮，一叮就会死。如果老养着，不知哪天就被蚊子叮死了，于是我就想买只乌龟来置换。谁知乌龟买回来了，甲鱼还是不准吃。谁开玩笑说要吃咖咖的甲鱼或乌龟，他便两眼一红，噙着泪水追着撵，直到将其撵出院子。咖咖知道了甲鱼怕蚊子，每回捞出水池，便举着水管喷头，喷出水雾罩着甲鱼，以防蚊子偷袭。回上海那天，他上了车又跑下来，捞出甲鱼和乌龟看了又看，千叮咛万嘱咐，一定要帮他把甲鱼、乌龟和小鸭子养好。

两只小鸭子，是咖咖从云舍村带回来的。一个周末，想带咖咖去乡下走走，便挑了桃花源里的云舍村。村长是我老朋友，派了两个村里的小姑娘陪着他，在村子里赶羊赶牛赶毛驴，抓鸡抓鹅抓鸭子，玩得乐不思蜀。要回长沙了，就是不肯登车。最后村长说送他两只小鸭子带回去，他才破涕为笑，捧着鸭子上了车。回到家里，又是找纸箱做窝，又是剁青菜喂食，忙乎了一两个小时。每回上完课，或是做完作业，他就会跑去水池边，抱着鸭子抚摸着淡黄色的绒毛，分辨哪只鸭子会生蛋，将来给他孵出一大群小鸭子来……

孩子的爱心，或许就是与生俱来的，并不需要后天的灌输和培养。而令长辈左右为难的，是究竟应该让孩子保有这份爱心，还是丢弃这份爱心？孩子长大后要面对复杂的生存环境，你若让孩子保持这份爱心，就是对他自己的残忍；若让他放弃这份爱心，就是对同时代人的残忍！两害相侵，没有轻重可以取舍。

和同龄的孩子一样，咖咖也对游戏抱有兴趣。送他来长沙时，他妈妈说咖咖偶尔会清晨起来玩游戏，嘱咐我们严加防范。我想防范不如引导，不如兴趣转移，便教他学习打麻将。我只讲了讲基本规则，告诉他麻将的技术在于排列组合，数学越好，和牌的概率就越大。教他打过四五圈，他便能组牌、听牌、和牌了。自从打起了麻将，咖咖真就不再沾游戏了。奶奶指责说：你这是以毒攻毒！咖咖觉得麻将要动脑筋算牌或猜牌，和了牌，比玩游戏更有成就感。有一回，咖咖打出了一手碰碰和的杠上花，开中两张牌，还抓中了两只鸟，他开心得手舞足蹈。洗牌时，我将他的牌推进了机子，他发现后大哭一场，说这是他人生的第一个碰碰和的杠上花，应该拍个照留作纪念。我说今后你还会有各式各样的杠上花，他反怼说：再多也不是人生的第一次呵！说得我真有了点歉意和愧疚。

估计咖咖再长大些，和爷爷奶奶长时间生活的机会就少了。大抵他爸妈也是出于这个考虑，才安排咖咖和我们待了差不多一个暑期。回头想想，他这哪里是一个假期呵？各种上课、培训和自学，每天满满当当十个小时，与平时上学又能有多大区别？当初一家人商量，横下一条心选择上国际学校，目的就是要避开国内教育体制的内卷，给咖咖一个相对轻松快乐的童年和少年。没想到，国际学校照样卷，只是卷法略微不同而已。看来全天下的父母，都会担心孩子输在起跑线上，学校再宽松，家长也会抓得紧了又紧。

当然，如果回过头来想，一代人只能活在一代人的环境里，整个时代都在卷，咖咖又如何能独自置身其外？再说，卷也未必不是一种必要的历练。更早一点适应人生的卷，未来真正步入了社会,也许就具备了一种适应性和抗击力。对于孩子的培育,家长会永远在快乐自由的童年生活与强大完备的人生准备之间纠结徘徊。或许正是这种纠结徘徊,构成了孩子成长的某种天然互补和平衡。

再过几十年,咖咖还能记得这个暑期吗?若是还记得,会是因为所学的数学、语文、诗词和游泳,还是因为自己养过的乌龟、甲鱼、小鸭子,以及他人生的第一个碰碰和的杠上花?

2024 年 8 月 26 日于抱朴庐息壤斋

醴陵三记

赏瓷记

去醴陵，或去景德镇，有件事很尴尬：无论走到哪间工作室，一群人，彼此大师大师地叫，我却怎么也开不了口。大师这称谓，我素悭吝，有王国维、鲁迅、陈师曾、齐白石先生在前，再叫其他人，心里硌得慌。但人家所称的大师，也不是自吹自擂，比如工艺美术大师、陶瓷艺术大师，都是官方评选，说得上货真价实。大家都叫某大师，只有我吞吞吐吐，叫某先生或某老师，显得别扭、拧巴、硌牙硌心。

初见黄小玲时更是！因她太年轻，又是个语柔面羞的女子。那是在全国人大会上，我们团有两人被称大师，一位是麓山寺的圣辉长老，年逾花甲，身披麻衫，手持佛珠，不问道行，样貌已在了。黄小玲年仅不惑，见人说话，两颊绯红，一副怯生生少女样，叫大师，不觉尊重，反有几分玩笑意味。她拿了一份建议案找我，是关于如何做大醴陵陶瓷产业的，请我签字。她得知我也有一份类似建议，便顿觉亲近，有种找到了队伍的欢喜。邀我会后一定去醴陵，去她工作室，去了，她帮我画瓷。

不久我便真去了，不是找她，也没画瓷，而是同一位作家对谈。现场听众中，竟有三分之一，是做瓷画瓷的，由此结识了一众瓷业大佬和大师。问及小玲，才知她是省陶瓷协会副会长，外出开会了。文人多嫉妒，艺人亦然，没想到，大佬大师们都说她的好，说她把醴陵陶瓷的事，当了自己的事，甚至牺牲了自己的事。

其后我常去醴陵，为陶瓷业的复兴鼓呼。她得知，便会邀去工作室小聚。她的工作室，很大，是展陈与绘制一体的那种。她的瓷，有一种女性特有的色彩敏感，所绘花卉明艳而细腻，构图又大开大合，有一种刚柔并济的大气感，不落女性画家纤巧精致的窠臼。尤其所绘的瓷板，大的有十多平方米，色彩饱满，气韵灵动，看上去花如飞瀑，色若彤云，有一种蓬勃激昂的生命意境。

小玲早年是学分水的，通俗讲，就是为勾好线的瓷坯敷色，这是釉下五彩的绝活儿。草青、海碧、艳黑、玛瑙红和赭色等醴瓷特有的颜料，要画师们一笔一笔敷上去。所谓五彩，彩就彩在这里。色彩均匀、饱满、鲜亮是手艺，渐变、灵动、生趣则靠艺术天分。一个陶瓷艺术大师，其成长就是去匠气而存匠心的锤炼历程。小玲的这一过程，完成得很早。

一回，我们开会所住的京西宾馆，大厅里聚了好些人，且都是大领导。我过去一看，大家正围着一块巨大的瓷板屏风照相，其上是小玲所绘的一幅红梅。红梅是国画的传统题材，大家名作无数，而小玲这幅，梅枝刚劲虬扎中含蕴了几分柔韧婉约，梅花灼灼如火，奔放热烈得几近逼人，如一个赤诚、决绝、孤高而婉丽的绝美女子！一扫传统梅画的匠气、迂气、酸气、粉气和执拗气，真正的质本高洁，气韵灵动，美自天成。

大抵就是因为这块屏风，人民大会堂湖南厅重装，便请她来画其中的瓷板。我看过那些刚出炉的成品，的确洪钟大雅与绰约多姿兼具，彰显了醴陵瓷独特的五彩神韵。

瓷器是分在朝在野的，官窑与民窑，无论分野是否合理，已经牢不可破。毛瓷已将日用瓷送进中南海，如今小玲又将艺术瓷嵌在了人民大会堂，算是彻底坐实了醴陵瓷当代官窑的身份。

即使这样，见了小玲，面对面喊大师，我还是别扭、拧巴、心里硌得慌……

醉瓷记

每回去醴陵，吃饭喝茶，必来陪我的，是刘劲松。但凡上酒，他都会给我斟满，一杯一杯地劝。他是爱酒的，喝到位了，便往工作室跑，拿起瓷坯便画，并不需要特别构思。李白斗酒诗百篇，他似乎是斗酒画十幅，也属喝了酒，下笔便有神的主。

劲松与陶瓷界许多画徒的出身不一样，他是科班生，正经八百师大美术学院学了四年。之后回老家，再拜师画瓷。算起来，我俩是校友，只是不同专业。

头回见他，就在酒桌上。我说不喝酒，他照样拿了杯子倒，撇开嘴憨憨一笑：不喝酒，怎么写文章？那日我便喝多了，晕晕乎乎的，被他扯到了工作室。递了我一支烟，他便挑了一个瓷坯开画。先是刷刷几笔，画了两尾鳜鱼，用墨浓重，形态舒展，尤其神情缠绵，似有卿卿情话从画中飘出。劲松收笔，便让我来题款，或许凭了酒兴，我挥笔便写：岸上夫妻，不如水中游鱼也！劲松又挑了一个瓷坯，这次画的是山水，近树远山，气势磅礴，有一种千里河山，以一瓶出之的豪迈。画毕，再命我题款，我便竖着写了"岂仅瓶上江山"六个字。劲松连连叫好，说是不但点了题，而且提升了境界。得意时，我单手抓住瓶口一提，结果瓶口碎下一块，沮丧之极，顺手想把瓶坯摔了。劲松当即阻拦，说意外破损器型，或为精品！于是用颜料将瓶口与坏损处涂了，色彩与画面相呼应。烧结出炉，果然瓶型独特，其残损处，与画意契合，有一种得之天然的孤绝感。

再聚，依例是喝得头重脚轻，依例是踉踉跄跄到画室画瓷。劲松这回画的是工笔，这颇令我意外。我知道，劲松虽画风多变，擅长的还是工笔，但酒到八九分，还敢画工笔，真是艺高人胆大！他在瓶口下三分的位置，沾着玛瑙红，一笔一画慢慢勾，竟是一只红蜻蜓！那翅膀上的纹理，纤毫毕现，仿佛已被阳光照透，蜻蜓像是在瓶上栖久了，立马要振翅飞出去。劲松心里的构图，许是两只，抑或一群，正准备下笔接着画，被我断然制止。他睁大两眼望着我，颇愕然，我说不画了，只需在下面题个款，字要小：天有多大，飞过便知！劲松题毕，旋转着瓷坯端详半晌，然后一咬牙，说：这个瓶子，我不给你了，下次给你另画一个！

我知道，劲松酒醉心明，舍不得出手的东西，真醉了，也会死命捂在怀里。

换瓷记

秋闲无聊，遂乱翻朋友圈。乃见黄龙名字下，有九宫格推出，皆为所绘所烧之新瓷。逐一品赏，有一画缸，颇入眼。即问：可购否？良久未见复。及午夜，乃复：已为某书记订。旋即撤回。再复：此缸已上展会。自忖，此二信息，其意一也：不舍割爱，或是与我无缘。

近年常跑醴陵，得交一众大师小师，黄龙为其中之一。画瓷之人，常在艺术气中，藏匿几分江湖气，而黄龙，或因年轻，却有好些书卷气。无论其字其画，还是交际谈吐，皆持几分显见的清高。论画，必推宋初的李成；论字，必称汉末的钟繇；偶一品茶聊天，则必谈书画陶瓷史上冷僻掌故，每每问得我两眼发直。如此情景，虽尴尬，然其书生气度，颇悦我心。每聚其画室，不画画，不赠瓷，哪怕是一杯一盏。此则未必特别轻慢于人，性情耳。

某一日，我去会他，他竟邀了城里几位民乐师，弄了一场堂会，可见其待人的有心。是夜皓月当空，其埙幽怨，其箫悲远，还真令我生出几分思古幽情。自此，再看其人其画，便有了些别样眼光。

月余，黄龙有信，称展会已撤，画缸可卖。价格，给点生活费即可。其所言生活费为多少，实在难以猜度，便复：价你出，买与不买，我定。估计他亦不知如何出价，稍后另出一策：以缸换一小文，可否？以瓷换文，倒也在情在理，算是彼此尊重手艺。

次日黄龙将画缸送来。细审之：高40厘米，直径46厘米，通体洁白莹润，宋风山水环之。其色，既非景瓷常见之青花，亦非醴瓷常见之五彩，为烟熏单色，即赭色，若沙若土，浓淡天然。画面飘逸，山水淡远，而树木则枯寒虬劲。几无瓷画习见的匠气，确为难遇之雅瓷。难怪其犹豫再三，不忍出手。

淘字淘画淘瓷之人，大多有几分无赖。我见此缸，亦如此。遂不复问其舍与不舍，悔与不悔，即刻收藏于室。当然，既为瓷文互换，此诺必践，乃撰此文以记之。

（本文原发表于湖南新闻综合门户网站"红网"2023年10月11日，有改动。）

第

三

辑

寓言之岁

除夕阴雨，天气与心情一样冷。

己亥一年，蹊跷吊诡：雨水淹没了春天，桂花迟误了时季，预告中的极寒之冬，到头未见冰雪踪影。季节错乱成一团旧麻。每日开门，没人知道迎面而来的会是哪个节气。每种反常症候，都像一次暗示；每轮错混时序，都像一则隐寓。每串过往日子都忧心忡忡，每个将至节令都提心吊胆。

忧思慢慢叠作焦虑，不安渐渐垒成惶恐。期盼年关尽早到来，愈盼愈觉遥遥无期。无论昼夜如何流转，似乎总也走不出这个年份。不知道未来会发生什么，又确信有什么即将发生。

眼见岁末已近，以为一切只是错觉。未及心思放下，疫病已汹涌而至。年头滥觞的缱绻忧思,终于兑现为年尾的锥心灾难……

想起稍前写作的两篇短文,记载了季倒序错的种种异相。回首己亥,天异乎?人异乎?天人皆异乎?人与天地共处,是常是异,似亦值得三思。

旧年将除,搬出家中所存烟花与爆竹,炸得夜空一片璀璨。长沙禁放烟花已久,今夕,却是远近人家不约燃放,以此震天爆响、绚烂焰火,一除岁,二除疫,祈求明日跨入的,是个清宁安妥的好年份。

一个忧思缱绻的雨季

不同往年,今春雨季来得仓促,诡秘,漫长得无止无休。

起初,似乎是惯常的春雨,那种早春时节,忽寒忽暖的微风里,细细末末,飘飘洒洒,不经意间将枯草与秃枝润绿的春雨。那雨水仿佛原本就是新绿的汁液,飘洒到哪里,哪里便油润地泛出绿意。草木在雨水中抽芽,花朵在雨水里含蕾,一切都生机充盈。只待雨歇云开的一轮朝阳,绿润红艳的春光便翩然而至。于是,原野眨眼间铺满大大小小的野花,红的粉的紫的黄的,一朵朵一丛丛一行行一片片,挤挤密密,混混杂杂开遍田畴和山峦。树杈上的叶芽尚未舒张,树木的花朵却绽放得高调任性,花团锦簇,远远近近在阳光里晃眼招摇。蜜蜂和蝴蝶,似乎被花香催醒,又似乎为花香沉醉,成群结队飞来飞去,忙忙乱乱找不到自己的去向。布谷鸟神秘地从遥远处飞来，又朝更遥远处飞去，过客似的掠过花丛，撒下串串欢悦的鸣叫……

都以为今年春天就这般开始。一场细雨的序曲过后，姹紫嫣红的季节便会如约而至。寒冬里闷烦了的城里人和乡下人，迫不及待褪了冬装，备了心情，等待雨歇日出的那个艳阳天。

然而，春雨似乎忘了停歇，一天，两天，三天……雨水淅淅沥沥，如同老纺车不断线地纺纱；一周，两周，三周……雨水哗啦啦，如同老水车不断流地车水。接着是一月，两月，三月……每日晨起，人们匆忙开门望天，然后失望地重重关上。过一会儿，又将信将疑再拉开门，总不死心这雨就一直下下去，期待云雨中意外地射出一缕阳光来。期望与失望，交替中变作一场绵绵无期的心理较量，敏感，郁闷，焦躁和莫名的恐惧，如空中驱散不去的乌云，让人对每一即将到来的黎明和黄昏提心吊胆。开始是夜雨里的一个春雷，惨白的闪电撕裂窗外的黟黑，接着一声惊天动地的炸雷，让人在惊心动魄后长久等待又一声炸响；之后是黎明醒来静听檐口的水滴，滴答——滴答——一声声落在清晨的寂静里，仿佛有一种共鸣和回响在心里振聋发聩。在一滴雨声到另一滴雨声的等待中，悄然无息的静默同样令人心神不宁。

初始的两三天，喝饱了雨水的树叶长得葱郁，湿润油亮的树冠，如一朵朵疯长的绿蘑。不久，叶片慢慢耷拉下来，任由雨滴顺着叶尖儿流淌。树冠则如一柄柄淋湿了羽毛的鸡毛掸子，渐渐瘦小衰败下来。起初在雨水中咧开嘴的花苞，欣喜地露出一线深红或浅紫的花瓣，急切约会次日雨过天晴的灿烂阳光。意外地，阳光一次次爽约，令花苞心灰意冷，封闭了咧开的嘴。间或几朵花蕾早孕，决然在雨水中绽放，未及花瓣尽情舒展，便被鞭似的雨柱抽打击落，如一道凄惨的红晕，在灰蒙蒙的雨幕上一闪即逝。更多花蕾不忍昙花一现的命运，提心吊胆浴在绵绵无期的雨水中，终于在某个风急雨骤的子夜寂然跌落。喜旱的花草，在积水浸泡下烂了根须，一片片变黄变黑；耐涝的树木，亦因久违阳光而生机索然，耷拉的树叶没精打采挂在树权上，心惊胆战地等待被风雨刮落卷走。

河水的涨速超过了往年的汛期，垸子一个个被河水倒灌，白花花沦为一派汪洋。溃水淹没了农田、房舍，只有刚刚返青的树木，在汪洋中孤零零撑着树冠，像是一声声绝望的呼救。早早备好了犁耙、耕牛和种子的农民，无奈地扔下农具，披蓑戴笠爬上大堤，汇成浩荡而散漫的防汛大军。春日乍暖还寒，即使重新套上过早褪下的冬衣，风侵雨裹水泡中的农民，几番寒战后，成片成片病倒。一时间，从乡间到城市，大小医院挤满鼻塞、头痛、发烧甚至抽搐的病人。医生手忙脚乱地问诊、处方，开出的药剂却扼制不住病毒蔓延。陆续有感冒致死的消息传开，很快每个人开始慌乱自救。抢购板蓝根和口罩的人群，排起的长队没头没尾。街头过往的行人，嘴上封了块奇怪的"白布"或"黑布"，似乎集体以绝食禁水为要挟，向老天索讨阳光和平安。

城市运行变得沉重滞缓。似甲虫爬行的车流，时常被低洼处渍水阻断。驾车人眼看着渍水慢慢涨高，束手无策望着雨雾蒙蒙的天空骂娘。阻塞的车流从干道延伸至小巷，从城区延伸至郊外。哪位驾车人焦躁地带头按响喇叭，顿时喇叭声此起彼伏，整座城市陷落在一片呜呜的啸叫声中，仿佛一场惊天动地的长哭。

幼儿园和小学开始封闭，孩童和老人被雨水和感冒久困家中。上班族照例冒雨前往写字楼打卡，心情却全然不在工作上。凝望窗外不断线的雨水，没人有信心期待明天是一个风停雨歇的晴朗日子。天气预报没人再查，气温和植物已无法标示季节。从初春到初夏，人们一直被裹挟在一个漫长的雨季里。这两个季节原本该有的莺飞草长、万紫千红和果木繁盛，一例为阴霾天气和绵延雨水所谋杀。

互联网似乎也笼了阴霾、染了病毒，所有信息都透露着一种霉变的味道和疫病的气息。人们从手机上读到的，不是恐怖袭击、飞机失事、神秘自决，便是贸易制裁和股市暴跌。写字楼中无论谁的电话响起，一屋子的人听着都心惊肉跳。很长一段时间，电话已不能传来令人开心的消息，只要接听，不是孩子发烧，便是还款逾期，或者朋友失联……

雨水滋生了感冒，同时滋生了忧郁。阴雨将城市、楼宇和居民彼此隔绝，每个人都沦为一座孤岛。人们从怀疑正常时序不可能有如此漫长的雨季开始，延伸到对事对人、对各种既定秩序的质疑。即便那些没有任何哲学意识的人，也开始怀疑世界的确定性。慢慢地，彼此对视的眼神变得迷蒙、疑惑甚至狡黠，彼此交谈的语调，也变得含混、暧昧甚至怪异。除却灾难性话题，人们难有正常交流和共鸣。每个人都期待着令人开心的消息，然而一旦有人拿来分享，其他人却又躲躲闪闪满心狐疑，猜度人家反话正说，眉目间闪露一种洞悉他人秘密的得意神情。所有人都笼罩在无休无止的雨水中，又似乎这雨水与自己没有关系，只觉得是别人在变得忧郁、焦躁和无望，自己却幸运地置身事外。

雨季仍旧看不到尽头。没有人相信这雨会一直淅沥哗啦下下去，同样没有人知道雨水究竟哪天会戛然停歇。人们期待的是明天，而明天却总在雨水中延续。信心与耐性，遭遇一次又一次调戏捉弄后，已然十分脆弱：这绵绵的雨水，已经将春天变得不是春天，难道接踵而至的，仍是一个夏非夏、秋非秋的阴郁雨季？

大自然千万年形成的节律，看来远非人类想象的那样坚定不移；人类历史千百年昭示的规律，同样远非人们期许的那般确信无疑。自然进化与历史演进历程中，总有些突如其来的变故，挑战人们的既定认知，让惯常的生活变得失重、失乐甚至失望。无论这种认知就此脱轨还是仍将复轨，人们依然无法判断，正在阴雨中霉变和坍塌的生活，究竟是一段旧日子的终结，还是一段新日子的开始。

明年春夏，还会是一个漫长雨季吗？如果是，如果长此以往都是，那么，人们的忧思，或许将化作对一个姹紫嫣红春天和生机勃勃夏季无尽且无奈的怀想……

是大自然的一次隐寓吧？这令人提心吊胆、忧思缱绻的漫长雨季！

一场错季的盛大花事

天一凉爽，桂花果然便开了。

原以为，只有不期而至的倒春寒会延误早春里的种种花事，没想到，因为天热，今秋的桂花竟晚开了月余。真是四时之花，各应其季，反常的天热天冷，都会弄乱花开花落的节令。

起初怀疑记错了花期，然后便担心是自家桂花树生了病虫，直到左右邻里都跑来询问桂花开了没开，于是猜测今年桂花或是不会开了。印象中桂花是不会晚开的，古人咏中秋，除了一轮千里共赏的明月，便是一缕宜浓宜淡的桂香。老歌里唱，八月桂花遍地开，如今到了九月，依然未见丁点花信，难免让人生出种种猜疑和惦记……

　　一场花事，最终开在了疑惑与牵挂里，自然就多了份惊喜与隆重。

　　庭院里的三棵桂花树，树龄均超过了三十年。最老那棵金桂，年岁该在半百以上。粗壮枝干撑起树冠，巨伞似的遮盖了前庭一大半。每到雨天，周遭水流满地，唯繁茂的树冠下干爽一片。前庭里另一棵子桂，由一位早年的学生从平江乡下移来，说是子桂即子贵，种在院子里，寓意门庭兴旺、子嗣尊贵。后院栽种的那棵丹桂，是十多年前我从湘西大山中找来的。那天独自开车在山里转，一抬头看见对面山头上的寨子，一片石垒瓦盖的屋顶上，竟有一棵丹桂开得像赤红的火烧云。停下车，沿蜿蜒山道爬上去，满坡满岭都是沁人心脾的桂花香。移栽时，不舍得剪去一枝一叶，急得园艺师直跳脚，大叫大喊不剪枝叶树栽不活，我执拗地全枝全叶把树移到了院子里。很意外，那桂树一栽下就发了新叶，当年便一树红花如火如荼。园艺师不解，围着桂花树绕了几圈，最后感叹道：这树命里属你家！

　　往常，三树桂花次第开放。率先总是那棵黄灿灿的金桂，接着是红彤彤的丹桂，收官则是那棵银闪闪的子桂。三棵桂花接力似的开上二十来天，你方开罢我登场，没有争先恐后，也没有争奇斗艳，每棵都开得沉稳自信。三棵树花朵颜色各异，香味也绝不雷同：金桂馥郁浓烈，甜丝丝令人沉醉；丹桂幽远淡雅，沉香似的让人忆念繁华已逝的旧时光；子桂则时淡时郁，谜一般使人捉摸不透……

今秋三棵桂花，却不分先后地同时开了，似乎是对误季晚开的一份歉意，一种补偿。那些金的、银的、红的小花朵，密密匝匝开在一起，缀在枝叶间像一条条纷披的锦穗。明艳的阳光照下来，流金泛银溢丹的色彩，绘出往年里从未有过的斑斓与华贵。

秋风若有若无，拂得米粒般的花朵飘满一地。树冠筛下圈圈点点光斑，追光似的逡巡在碎金碎银般的落花上，闪闪地耀人眼目。尤其那丹桂的落英，朱砂一样摊铺树下，鲜艳秾丽如璎珞编缀的毯子。世上的花朵，大抵只有桂花是这样，开得繁盛，落得热烈，全然没有秋风凋落花的肃杀与伤逝。

桂花似乎总是开在梦里，至少今秋是。欲开未开的那晚，睡眠便有些清浅，总觉得若是沉沉一觉睡去，桂花便偷偷开了。那晚的睡梦，始终被若有若无的香味萦绕。晨起推窗开门，果然满庭桂花开放。一派浓香扑过来，立马被浸泡在馥郁的芬芳里。香味强蛮地往每个毛孔里钻，直到身体与灵魂完全迷蒙沉醉。不仅每次呼吸，甚至每种想象，都蕴蓄了甜郁沁人的桂香。

如同我家的庭院，该是满山桂花都同时开了，开在那晚的梦境里。次日那个薄凉的深秋之晨，真是一场天人共享的旷世沉醉：阳光变得黏稠，秋风变得迟疑，鸟鸣变得迷狂，人则变得欣悦而怅惘……

　　秋日可歌咏的花卉本不多，大抵只有桂花的品性，最是代表其亦暖亦凉、亦浓亦清的季节征候。四季之中，唯秋天是个爽愁皆动心、晴雨两宜人的谜。代表秋天的桂花，自然便具备了一份宜淡宜浓的谜性。当年易安夫人咏桂花，称其"自是花中第一流"，着眼的应是桂花爽净与浓稠兼具的花品。倘若易安夫人面对今秋这场天人同醉的盛大花事，又该写出怎样瑰丽奇绝的辞章来？

　　邻居忙着收晒桂花了。有的把地上的落花扫拢，放在清水中淘洗过，一箕一箕晾晒在阳光里；有的直接将白色布单铺在树下，任由桂花飘落在单子上。今秋收晒的桂花，金的银的红的全混在了一起，看上去色彩更饱和艳丽，香味也更丰赡醇厚。确乎是一种全新的香味，甜腻而幽雅，迷幻而沉着。习俗中，桂花可以泡酒、沏茶；可以做汤丸、打年糕；可以藏在橱柜里熏衣，搁在书房中添香。今秋的桂花，若也派上这许多用场，必定比往年更多一份珍贵。这场迟到的盛大花事，因之便会在各家品酒饮茶、穿衣读书的日常里，浓浓淡淡延续一整年，甚至好几年。

　　或许，因为邻居家桂花都收晒了，只有我家的桂花任其飘落地上，引来远近的鸟儿。一会儿，是院子里的常客斑鸠；一会儿，是平素只在院外林子歌唱的画眉鸟；一会儿，是秋天才从遥远处飞来的长尾雀。往常年份，也偶有鸟儿飞来啄食桂花，却从未见过各种各样的鸟儿，一群群一批批飞来，如同赶赴一场盛大的宴会。

友人听说今秋桂花开得繁盛，专程从城里跑来。各人一把松木椅，一杯古树茶，安闲浴在蓄满桂香的阳光里。秋风有些微凉，阳光却很温暖，桂花无声从树上飘落，不时飞进搁在地上的茶杯里。鸟儿像是被花香醉了，大摇大摆在身边飞来飞去。一群从树下飞向远处，又一群从远处飞来树下，没有丁点的惧人。友人聊起唐诗宋词歌咏桂花的篇章，话题终是落在了辞章婉丽、人品端淑的易安夫人身上。说到易安夫人的词风，岂仅婉约，好些比豪放派更为豪放，境界清雅时清雅，秾丽时秾丽，一人兼得两种境界，像极这满庭芬芳的桂花。由此想到，战乱中易安夫人江南赏桂时那份难得的安宁。大抵也只有这秋高气爽里的满庭桂香，能让她短暂忘却战事侵扰和人生困厄……

夜间小雨，天气骤然冷下来。一场迟到的盛大花事，终于在秋风秋雨里仓促谢幕。毕竟已是农历九月的尾上，后院的枫树，已在红叶飘零了。桂树上的残花，悉数被秋风扫落，伴着丝丝缕缕细雨在空中斜飞，染香了天边飘忽的雨幕和地上浸漫的流水。

花事虽歇，有关这场花事的猜想与谈论却并未止息。习惯了天人感应思维的人们，总想从花季的迟误中悟出些许天机。

古人说天心难测，即使这花事真的隐匿了什么天机，又岂是我等凡夫俗子可参可悟？无非是将确凿的时讯与无影的流言掺和，真诚的忧虑和虚妄的企愿混杂，借了花事的由头，把自己欲言还休的心事，附会为若隐若现、似是而非的上苍之意。

我素不敢以花事喻人。面对庭院中的花木，时常会生出人生须臾的无奈和悲凉。若与桂花比，一年一度的花事，周而复始总要开上千百度；人呢，即使仅仅作为一位赏花者，又能在树下观几十回花开花落？一场花事，生机勃发的是树木，感怀伤逝的是种树人。与其玄思高蹈参悟天机，倒不如本一颗寻常之心品香赏花，且不负了这难得一遇的错季花事，且不负了这宜谈风月的人生时节。

或许，这便有几分苟且了。

（本文原发表于《湖南文学》2020 年第 5 期，有改动。）

一个健全有序的社会，

不需要有一种英雄职业，

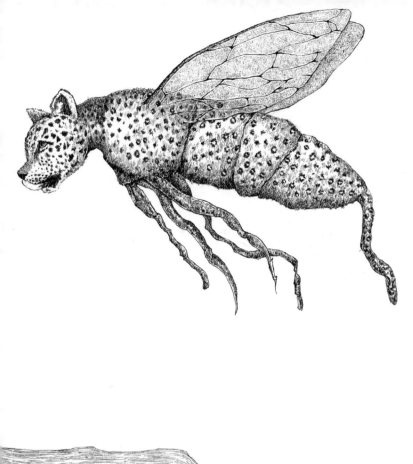

却应该有无数职业英雄。

年尾年头

风暴来袭，别想象你就是那只可以安然单飞的幸运之鸟。

——题记

2020 年 2 月 15 日

好一场狂风暴雨，该有大半年没有见过了。

越冬未摘的一树柚子，被刮得掉落一地，黄灿灿满院子打滚。这般暴烈的雨水，惯常只初夏才有。年景一不顺遂，便什么反常乱季的事都赶上了。

正月十来天，天气阴阴阳阳，倒也没有特别寒冷的日子。前天天热得有些突兀，仿佛夏季驾临。心想气温就这样热下去，疫病或许就消除了。都说病毒怕高温，不管这说法靠不靠谱，心中却总是这样希望。

这两三天，武汉的消息渐少，应该是个好兆头。网上也消停了许多，这倒不全是因为净网。该说的说了，该骂的骂了，该赞的赞了，回过头来一看，只要在疫病中没有倒下，日子该怎么过还得怎么过，于是便有些偃旗息鼓。好些人总觉得经历了这一劫难，国人的精神生活会变成另一副样子，其实也就只能这么想想。如果真会变，又何必等到疫后呢？从现在做起不是更好？一天到晚指指点点、骂骂咧咧想让别人改变的人，压根儿就没有问过自己是否也该变一变。大抵他们指望的，是别人都变成他们的样子。我看了看，如果真那样，不如不变的好。

今天天气是真冷了。院子里的树，尤其是那些落光了叶子的，看上去在瑟瑟发抖。听说湖北的好几个地方都在下雪，武汉好像还没有。其实，气温这么低，天又老阴沉着，还不如痛痛快快下场雪。我们宅在家中喊闷喊憋，哪有武汉人闷得久憋得苦呵！倘若铺天盖地下场雪，兴许他们还能畅快点。至少推窗眺望，不再是一副阴郁丧气的老样子。

前些天还有不少朋友发来读书笔记，其中也有一些是读了我的书。生日那天我写了那篇《罢读季》，之后便没人再和我谈读书了。或许也就我心里乱，手里捧本书怎么都读不进去。好几个公号推了那篇文字，后来被我撤了。有人以为是文章被封了，还在群里愤愤不平，我只好一一解释。

我是觉得这个春节已经太吵太乱，再发我一篇，无非是添吵添乱。我的"罢读"之说，肯定也有人觉得偏激，弄不好又会惹人争来论去。这种面对灾难的个人心境，又哪能论得出个是非来？在这很多人为生死挣扎，更多人为生死担忧的时刻，让不幸者安安静静睡去，让幸运者安安静静醒来，这世界才真正值得逝者留念、生者留下。

人们开始复工了，这对政府和个人都是一把双刃剑。社会要运行，不复工政府扛不住；生活要继续，不复工个人耗不起。可对防疫而言，这等于是将关闭了的水闸再打开，冲闸而出的洪水会不会再度泛滥成灾，实在没人能打包票。已经有复工聚集感染的病例了，但愿这只是偶发的可控事件。

窗外的风雨停了。天黄得像病人的脸。是要下雪吗？记得小时候听过一句谚语："天黄有雪落，人黄有病害。"往常这时节，天是会下雪的。这几天能下场雪也好！灾难当前，总希望一切都顺时如常才好。

正要收笔，武汉有照片传来：珞珈山下雪了！

2020 年 2 月 16 日

天依旧阴沉，周边的雪到底没有下到长沙来。几只斑鸠在院中草地上觅食，照说不该这么早，或许真是要下雪了，鸟儿才提早出来，以备雪后没处找吃的。在感应气候和环境的变化上，飞禽走兽远比人类敏感。人类过去应该也很灵敏，如今这些功能却退化了。当然，也可能是大自然有意向人类屏蔽了信息。

老家那边好像也下了雪。津市靠近湖北，小时候春节走亲戚，一顿饭的工夫便串门到了公安县。父母执意住在津市，还是在这种疫情时期，让人更放心不下。八十六七的人了，即便没有病毒这档事，下雪不下雪这天气都很难过。父亲是多年的"老慢支"，一胸腔的肺大疱，听他一咳嗽，我就提心吊胆，生怕他咳破了肺上的那些泡泡。

打通父亲的电话，说是一切都好，反正整天窝在家里没下楼，防疫不防疫都一样。每回打电话，父亲都说好，有几次住到了医院里，还说放心放心，刚刚吃了两碗饭。我担心父亲没说真话，再打电话给妹妹。妹妹说最近真还好，才算放下心。腊月二十四是母亲的生日，做好准备要回去的，临时省里通知开会，到底没走成。之后便是更严格的防控。妹妹说到了津市你也进不来小区，还是等过了这段时间吧！

日本的疫情今天更重了，除了"钻石公主号"邮轮上感染者增加，几个离岛上也有病人被确诊。停在横滨港的邮轮，老让我想起早年看过的电影《卡桑德拉大桥》，那辆封闭火车中乘客的绝望心境，大概就是邮轮上三千多乘客的共同心态。如果他们中有谁将这一经历记录下来，一定比任何一部灾难小说都直击灵魂。

党中央提出了立法的问题。灾难总会提醒人们遗忘了哪些该做的事，或者哪些事已成为当务之急。这些年国家立法的速度真是不慢，我当全国人大代表两届，每年都在审议、表决各种法律草案。

法律是一个国家的基本制度积累。一个国家其实有两个"国库"，一个存储货币，一个存储法律。拜占庭的好些皇帝，一上台便搭班子修法典，就像中国的好些皇帝，一登基就募民工建陵寝。人家有些皇帝干了一辈子，留给后世的就是一部大法典；我们有些皇帝干了一辈子，留给后世的就是一座大陵墓。法典留给后人代代修，陵墓留给后人代代挖。其实拜占庭的皇帝也换得像走马灯，正如鲁迅先生所说的"城头变幻大王旗"，可帝国却延续了一千多年。深究因由，大抵与这一部一部的大法典相关。

统计数据的确在变好，这本是所有人都眼巴巴盼着的，甚至还有多少人夜深人静时为之祈祷，只是心情却怎么都轻松不起来。总有大数据背后的一些悲惨故事不时传来，锥子一般往心口上捅。旧的伤口未及愈合，新的创口又鲜血淋漓。

一个叫常凯的电影人走了，走前留下了一封遗书。这个一生用镜头说别人故事的人，最终却用文字讲述了自己的故事：大年三十团圆的一家人，结果全感染了。先是父母发病，四处投医无床收治，相继不治而逝。然后是他和姐姐，同日死于一个被称作情人节的美好日子。

　　大疫当前，患者盈门，求大于供的严酷事实，让人无法从道义上怪罪哪家医院、从管理上谴责哪级政府。可这毕竟是一家两代的四条人命，说没就没了，又有谁能憋得住这几乎灭门绝户的巨大伤痛？除了诅咒老天有眼不开，人们怨无所怨、愆无所愆，这或许才是这场灾难逼人欲疯的真正原因。

　　院子里的海棠花开了，一星一点的像猩红的血迹；小区里的玉兰花开了，满枝满树的像惨白的祭幡……

2020 年 2 月 17 日

　　下班开车回家，迎面一轮赤红的落日。跨江大桥上依旧车少人稀，一脚油门，车子猛地朝前奔突，仿佛要一头撞进那燃融欲坠的夕阳里。霞光从夕阳周边透出来，一束束投射到桥面上，像一根根斜拉的金索，将大桥悬吊在半空中。

　　昨天还惦记着是否会有一场风雪，今天却赤焰满天，像是故意和人们开了个玩笑。"天心不可测"，我老是忘了这句古训。

　　自从去年早春那场吊诡的雨季开始，天气就变得古里古怪，使气任性与季令作对，不是让人莫名其妙，便是叫人提心吊胆。下午有人发来一段视频，内容便和诡异的天气有关。中国中医科学院有位老先生，去年夏天在一个座谈会上讲，冬至前后会有一场瘟疫，时间将延续到今年春上。老先生言之凿凿，一点不模棱两可留有余地。其谈及中医观三象，首先是观天地之象。他说上半年那场漫长的雨季已令阴阳打乱，所以疫病必随。我不识天象，却也觉得那雨水乱了时序，便也为之忧思缠绻。端午节那天，提笔写下一篇记述初春雨季的文章，正是因了这份焦虑和惆怅。

老先生是中医科学院名誉院长，业内真有道行的名医。当时他说那番话并没人在意，这些天网上发烧讨论中医，便把这段视频翻了出来。老先生的功夫归功夫，以此为证将中医抬上天，倒也没有多少说服力。

这回中医火得有点过头，似乎早把中医抬出来，灭这瘟疫便小菜一碟。中医治病讲调理，帮助病人培元固本慢慢来，等到病人元气充盈，自身就能除疾祛病。西医尚未找到杀灭病毒的药，也只能用辅助治疗帮患者慢慢扛，等待病人自身的抵抗力恢复过来。面对这个病，中西医治疗的原理不谋而合。真碰上体质差病症急的，中医西医都只能听天由命。

如今国家的公共医疗体系是西医的，有人提议在中小学校增设中医课程，那日后生了病，都不知该往哪个门里跑。现在课程设置中本有"生命安全与健康教育"，加多一些中医的内容不就行了？难道真要把十几亿人都教成切脉问诊的郎中不成？

一帮湘人前贤，当年也是说"中学为体、西学为用"，没有把西医拒之门外。毛主席他老人家更是明确提出"中西医结合"，弄到现在却要搞中医独尊，让人哭笑不得。若要真哭，那得哭死；若要真笑，也会笑死。

心里还是放不下常家的事。他的妻子也感染了，不知能否扛得过去。他在英国念书的儿子，听说两代四位亲人都走了，该如何面对这举目无亲的未来人生？

2020 年 2 月 18 日

武昌医院的院长刘智明也去了。又一位医生殉职！政府或许会追认为英雄、烈士，但在我心中，他就是一位好医生。

不是每一位医生都要为治病救人而献身，但作为一名合格的医生，却必须有此准备。任何一种职业，都有因履行社会职责而需要付出的最高代价。这个代价，每个人在职业选择时就要准备承担。职业是一种社会分工，也是一种社会供养。每种职业的人为履职所承担的风险，都由社会做出了相应的预支。最极端的职业是军人，所谓"养兵千日，用兵一时"。也不是每一个军人都会碰上战争，但碰上了，你必须义无反顾。虽然没有一种职业叫牺牲，但很多职业要求却包含着自我牺牲。正因为我们社会的职业精神日渐珍贵，这些医护人员的殉职，才让我们更加痛惜和景仰。李文亮、常凯的姐姐等，他们都是以身殉职的好医生、好护士。

一个健全有序的社会，不需要有一种英雄职业，却应该有无数职业英雄。

晚上看耕身的公号，知道他昨天写常凯的微博被删了。耕身是个很职业的新闻人，对自己的文字从不苟且，如今虽然离开媒体去了拼多多，但公号上的文章，依然守着新闻人的操守。当年他从《南方都市报》来《潇湘晨报》，是我相中了挖的角。之所以百里挑一挖他来，看中的就是他那点为文的骨气、做人的节操。

耕身困在湖北乡下，来湘不成，赴沪遭拒。我担心他弄出些更火爆的文字来，于是提笔给他写了封信，拍下来用微信发给了他：

耕身：

昨天的那段文字，知道是要被删的。我从不在手机上打赏文章，之所以破例，是想告诉你文章没白写。

其实今天的文字很好。无事可记的空荡心情，寥寂荒芜的乡村田野，加上无心无肝的烂漫春意，还真是眼下多数人的无奈境况。

这文字让我想起当年在牯岭养病的茅盾先生来。其时先生也是患了肺病，当年也是难医之症，便挑了庐山脚下的这个镇子疗养。虽是一己之患，不似当下的万众之疫，但病在身上，心情自然也是无奈。先生大约待了不短的日子，积了一些文字。

后来我读到，倒觉得很见人性的深度。至少有些微妙的情绪，寂寞的心态，在先生那些旗帜性的作品中难得一见。就当这没来由的困厄是一种赏赐吧！何况，还有那么些人连无奈无聊的权利都被老天收走了。

不管有多么憎恨，我们还将重上那趟呼啸的人生列车。就当在哪个小站临时停了一会儿车，下车到周边转了一圈。再过多少年，或许又会想起的，一次暂停，一个小站。

曙光

耕身回了很长一段文字。末了交代我：书信的原件得留着，疫后他会专程来取。大抵在他的生活中，还用毛笔写信的人已经很少很少。

2020年2月21日

春天终究没憋住，一眨眼，便四处招摇了。古人说春意轻薄，此时体会尤深。

园子里的花草疯了，争先恐后吐蕊展叶，弄得满眼绿肥红也肥。草坪上的冬草还绿得像田野上的小麦，春草又探出了嫩绿的茎叶；粉红的茶梅去年便绽放了，如今还开得灼灼其华；玫红的蔷薇花期长，却生怕被其他的花卉抢占了报春的头功；枝条光秃的海棠，猩红的花朵开得格外用情，凝重中透着一份煽情的艳丽；茶花是高高大大的一树，那高贵纯正的红花如一堆火焰，自信满满要将别的花朵比下去。鸟也变得放肆，一大早，斑鸠就在窗外的桂花树上咕咕地鸣叫。太阳落山，一群群长尾短尾的山雀从远处飞回来，在花间嬉戏追逐，掠落一地花瓣……

不管春意如何烂漫，此季院中的花朵，总是难免夹杂着几分寂寞的凄清。

渐次安静下来的微信群，今天倒是爆出了一篇好文章。疫期看过的文字，悲戚的昂扬的，哀怨的愤怒的，抒情的论理的，拍马的骂娘的，林林总总，但真正戳痛了我的心灵，且久久无法缓解的，是这个由临床医生讲述的故事：

…………

凌晨3点，这个68岁的病人走了。病人年纪大，基础疾病多，本身就是高危人群，再加上病情进展迅猛，多器官衰竭，死神很快扑至。

抢救无效，我们几个值班医生也是累得气喘吁吁，再加上厚重的防护服，密不透风，整个身体都湿漉漉的。静下来后能感受到自己的心跳，还有呼吸，似乎还能看到自己的满脸通红。

无奈，悲伤，都有。

我拨通了家属的电话，告诉他病人抢救无效，已经死亡了，要他来医院一楼病人通道签字，尸体很快就要被打包拉去殡仪馆火化。正常人听到这样的噩耗都会崩溃。幸亏早些时候我们已经通过电话，跟他提前解释了病情。告诉他，病情凶险，生命随时危险，但我们会尽力。

电话那头稍沉默了一下，然后问我是几点钟走的，声音有些颤抖，有些疲惫，还有些心酸。

他是病人的儿子，估计 40 岁。

"我也是临床医生，我在×××医院，前天我妈刚走，也是因为这个肺炎。"他的声音有点沙哑。

我瞬间蒙了一下，天啊，电话那头竟然是我们的战友。不幸的是，他母亲前天走了，今天父亲又走了，连续失去两位至亲，可想而知是多么悲痛无力。

我现在打电话给他报丧。我原本还在纠结怎么给家属汇报噩耗，没想到是同行，而且也是奋战在疫区一线的同行。

他肯定是心力交瘁了。今晚虽然我们是借着电话沟通，但他也愿意跟我敞开心扉，把心里最难受的事情告诉我。这段时间以来，他太难受了。

妻子儿女在家隔离。他告诉我，他以医院为家，已经两个多星期没有回家了。

我没想到他还会跟我说这些。

此时此刻，我很想给他一个拥抱，甚至一个紧紧的握手。这样的悲痛，旁人是无法体会的，没有办法感同身受。但我知道，他内心肯定承受着巨大的痛苦。

他告诉我，今天轮休，一小时以后就能赶到医院，一切按流程处理。

末了，我跟他说，保护好自己，祝我们都顺顺利利，也希望疫情能早日结束。

他嗯了一声，说希望吧。保重。他淡淡地说。

保重。我回了一句。

这也许是我有生以来最特殊的一次噩耗传递。以前跟家属汇报死亡讯息，都会想着怎么跟家属解释沟通。而今晚，我们俩互道保重。我们俩素未谋面，却在凌晨3点时分有如至交好友一般，惺惺相惜。

挂了电话，我心情久久难以平复。同班的医生问我，家属也是医生吗？我说是的，而且前天他母亲刚走，今晚我又给他电话……我苦笑了一下，没办法表达那种心情。我似乎感觉到泪水就要夺眶而出。

我并不是一个容易流泪的人，但这段时间却接二连三有流泪的冲动。病毒是无情的，它摧残着我的战友、我的同胞，甚至可能有一天会降临我自身，一切都是未知数。

幸亏有护目镜、面罩遮挡，否则就要被同班的医生看见我红通通的眼眶了。

来不及伤感，又要处理别的病人。拖着厚重的防护服，奔波在每一张床的病人之间。看着每一行心电监护，阅读每个危重患者的呼吸机参数，解读所有患者新做的血气分析，还要兼顾床边的几台血滤机……那些跳动的数字，都是病人的生命，或者说是灵魂。

我希望能紧紧拽住每一个曾经鲜活的生命，但现实经常会有心无力。这很让人受挫。还好，那些病情日趋稳定的患者，让我在黑暗中找到了方向，才不至于那么惊慌失措。

很快，家属如约而至，护士提醒我去签字。

我想了一下，让同班医生帮我去签。我就不去了。

我不想看到他那布满血丝的双眼，也不想见到他失去双亲的样子。

我逃避了。

事后我问同事，家属有说什么特殊的吗？

同事愣了一下：没说啥，只说了两句话，一句是谢谢你，一句是麻烦了。

仅此而已。还有，还有一句，保重。

我抬头看了看时间，差不多5点了。透过窗户看去，天似乎微微亮，又好像没亮，似乎是路灯的缘故。但不管如何，天总会亮的。

保重！暖春就要到来，朋友们，再忍忍！

　　作为一个不常写文章的医生，他的文字只够把这个故事讲清楚。但这足够了！感谢他用自己那双抢救过无数生命的手，救下了这个故事，这场灾难中最不幸而又良善、悲怆而又坚韧、无奈而又固守的一个故事。那山呼海啸的悲恸所隐忍而成的一句"保重"，才是这场巨大灾难换来的一声最凝重、最深挚、最善意的生命祝福！

　　我愿一字一句抄下这个故事，以替代自己准备记录的那些文字。

　　今天最重大的事件，是诞生了这篇名为《这个死亡病例不一样》的文章。

罢读季

山川虽无异，苍生已有恙。

我欲心作灯，上元共慈光。

晨起独坐，有友微信贺节，始知年已过至元宵。因疫禁足，赏灯习俗依规暂废，遂成此诗复友，以慰感时忧思。继之命笔，一气挥就如下文字。

——题记

闷这半月，算是明白了一件事：真想读点书，身体有时间没用，非得心有空闲。读书讲心境，这话平常也说，却怎么也不像这一回，真真切切体会到了骨子里。

春节在家憋着的人，谁喊没时间，大概都是想找打。好些人在群里呼天抢地：日子真他娘没法打发！平素一说读书，都脱口而出没时间！如今时间是有了，多了，多得没法打发了，又真有几个人在读书？

起初是立意读几本书的。估计作这打算的，宅家之人十有八九。平日里爱读书的自不必说，到哪去找这没工作、没应酬的成块时间？就是那些不怎么沾书的，如今购物没店、打牌没伴，思来想去也只有读书可打发时间。好些媒体和热心人，搜肠刮肚列出种种书单，想免了大家在茫茫书海中搜寻的尴尬和辛苦。读过书单，便觉得这世上有学问的还真是不少。书单上的书，好些我也没读过，但凡读过的，还真都是好书。若有谁信手抽出几份书单，照着用功读了，长进定然不小。

我每年都有个计划，读书大体与知识框架搭建及写作安排相匹配。除非极信任的朋友推荐，其他的书通常难得插队。网上的那些书单，浏览归浏览，真正开卷读书，我还是循着自己的计划走。

年关前后预备读的书，其实早已备好：一本《罗马元老院与人民》，一本《1453：君士坦丁堡之战》，作者都是剑桥系的史学家。另一本《莫斯科绅士》，是埃默·托尔斯的长篇小说。这是按节后正常复工的时间备下的。后来疫情蔓延，人人都得宅家，也不知复工会拖到哪一天，于是又抽了本《埃及四千年》

摆上案头，以备需时接续。

始料未及的是，从腊月尾上到上元灯节，三本书竟没一本读完，轮来换去，每本都只读了一小半。这结果，似乎是对先前隆重备书的一种讽刺。

先是读那本《1453：君士坦丁堡之战》。此前刚读完一位国内学者的《拜占庭帝国史》，撑死了算得上一份年表。而这本书的作者罗杰·克劳利，剑桥毕业便去了土耳其，一头扎进拜占庭的史料和遗迹，掌握了丰富的历史细节。果然，一开篇他便将你拉进了1453年那个恐怖的早春，扔进了那座被奥斯曼大军四面重围的危城，让你几乎不可能从那个血雨腥风的战场逃离。然而还未读完五章，我便扔下书从历史逃回了现实。并非作者功力不逮，而是只要看到"围城"两个字，你便会想起武汉来。君士坦丁堡建造时，城池筑得固若金汤，一千一百年中，历经无数次强敌进犯，多数时候都是皇帝下令封城，并凭此度过危机，以至拜占庭成为历史上寿命最长的王朝。如果从拜占庭的历史看，封城算不上什么了不得的凶兆，然而只要一联想到武汉，心还是会虚悬起来，几乎没有一个细节，不将你强蛮地拉回当下，将你从君士坦丁堡扔回封闭了的武汉城。

于是，我从围困的君士坦丁堡走向开放的罗马，从专制的拜占庭皇宫走回民主的罗马元老院。我以为这样多少会避开现实的纷扰，沉浸在历史的场景中。可是同样读不到百十页，思绪便从公元前飞回了二十一世纪。

没有询问过其他人，他们是否可以聚精会神地捧着一本书打发宅居时光？原定的读书计划，是否能按部就班地推进？无论曾多少次强制自己重新拿起书本，我照旧无法把心思聚焦在读书上。手机像一块巨大的磁石，不分晨昏将你往网上吸。群里的时间，打乱了自然的日夜更替；群里的信息，暗淡了生活的五光十色；群里的情绪，主宰了生命的喜怒哀乐。这一切唯一的意义，不过是实现了自己的在场感。身不能在场心在，这应该是多数人莫名其妙而又不由自主的心态。

人们被卷进这场特殊的战事，初始并不因为政府的号召。瘟疫造成的恐惧，远比病毒跑得快。恐惧是生物病毒必然衍生的一种精神病毒，其传播力和持续性，远甚于母体。人类遭遇的瘟疫不止这一场，每回大抵如此。是恐惧，无序却有效地将国人聚集到了灾难面前。

感染恐惧的症状不是单一的怕死，甚至不典型地表现为怕死，没几个人会一听说病毒就确信自己会感染，感染之后会不愈至死。更普遍的病症是心理严重失常：更敏感，更脆弱，更多疑，更激愤，更不知所措却要表现得更淡定从容，更呵护自我却要表现得更捍卫公义，更提防他人却要表现得更牺牲自我。互联网、朋友圈无形中变成了一个"大疫区"，其间所有人都被交叉感染。尽管每人病症各异，有一点却大体相似：对其他的事情不屑一顾，对其他的信息基本屏蔽。

从第一次把书扔开，我便确认自己已被这种精神病毒感染。那是一种对个体生命威胁的现实恐惧，也是对民族甚至人类遭遇不测时生存状态的无奈忧虑。一方面，疫病已将每个被感染者生命的选择变得如此简单，是生是死，譬如硬币的两面。在这种时刻，任何一句对源起的叩问都多余，任何一种对苦难的怜悯都矫情。另一方面，疫病仍在蔓延，所有未感染者无力主宰生死的危机，也变得日趋严峻。在这种时刻，任何一项防控策略都休戚与共，任何一次医学判断都人命关天。当下的是生是死与未来的是死是生，竟如此必然而荒谬地对撞，又如此现实而虚幻地纠缠。似乎任何一种立论你都无法肯定，任何一种猜测你都无法质疑，任何一种情绪你都无法对抗，任何一种态度你都无法唾弃。于是，你弄不清自己是哀痛还是激愤，是感动还是隐忍，是盲从还是清醒，是坚信还是绝望，是在场还是缺位。大抵这就是灾难。只有灾难才能让所有的逻辑悖反，让所有的标准倒错，让所有的情感畸变……

这让我想到了埃默·托尔斯笔下的伯爵。当然，伯爵面对的不是一场自然灾难，是一场社会革命，只是他恰好被认定为革命的对象。他是有理由不被认定的，却莫名其妙不明就里地被认定了。于是既定的生活突然脱轨，未来变成了必须蹚过却又无路可寻的沼泽。伯爵的处境正好暗合了灾难中的我们。我一直喜欢埃默·托尔斯，喜欢他将人物命运逆转后，那种不动声色的叙事调性，那种将迷茫和惶恐从琐碎细节中隐隐透出的写作耐心，那种将人生毁灭重建为一种日常生活的艺术善意。《莫斯科绅士》这本书，应该是适合当下阅读的，至少伯爵那种承受命运突变的巨大定力，可以稀释自己惶恐、茫然与无助的灾难情绪。

然而我仍旧无法纠缠在伯爵的命运遭际中。当不知名的染病老人跳桥轻生，当志愿者何辉感染身亡，当"造谣人"李文亮以身殉职，当……当一个一个的噩耗接踵传来，我突然意识到，此时此刻手里安闲地捧着一本书不仅是一种变相的逃避，而且是一种遮掩的罪过！当一条条鲜活的生命变作一串冷冰冰的数字，当一个个温馨的家庭变作空荡荡的巢穴，任何重大的历史事件，任何伟大的艺术创造，都无权抢夺我们的悲恸和眼泪，无权侵占我们无奈无助却必须与这些生死挣扎同在共守的时光……

欲读不忍，欲罢不甘！这大抵是多数宅家人相似的心境。罢了，罢了！这有时无心，令人纠结、尴尬的读书季。我将未读完的书一一插回书架，心中竟生出些许的自救感来。当然，接下来的日子，同样没有更实在更紧要的事情可做，从早到晚，照旧在网上、在群里耗着。尽管无奈，耗着也是一种道义，一种灵魂的在场！

时过午夜，凌晨已是我的生日。此刻自忖：如果生活不再继续，读书还有何用？如果生活仍将继续，又何必抢在这心系生死的当口？更何况，这灾难中的生生死死、人是人非、有常无常，或许正是未来某部历史巨著的原始底稿呢？

（本文原发表于《美文》2020 年第 7 期，有改动。）

宇 宙 只 是 一 种 存 在 ，

意 义 是 人 类 赋 予 的 。

冰雪劫

说是要下雪了，且是大雪、暴雪、大暴雪！

大雪与暴雪，我是见过的。二十多年前在哈尔滨，正好下暴雪，零下四十摄氏度，人一出门，就被裹成了雪人，稍后便四肢僵硬，冻成了冰雕。只是大暴雪究竟能下成啥样，我倒颇好奇。这世上，能让成年人兴奋、好奇得像个孩子的事，大抵只有天降大雪这一桩。且无论大人小孩，心里盼着的，必是雪下得越大越好。

近几年，暖冬渐多，下雪反倒稀罕、金贵了。依预告，今冬极暖。"小土豆"们成群结队跑去东北，应是对就地观雪未作指望。不过，如今的气象预报，的确靠不住，即报即改差不多成了家常便饭。这不，前几天才说长沙暖冬无雪，回头便改了口，说不但有雪，且有大暴雪。一听这预告，人们便亢奋了，有人网上推文吆喝，有人线下奔走相告，其热度，仿佛天上要降的不是冰雪，而是白玉或黄金。好些更南方的"小土豆"，长途奔袭赶过来，或是推开酒店窗户，伸出双手在半空中候着；或是站在街头，边啃烤串，边眼巴巴望着霓虹灯闪烁的夜空，生怕错过了天上飘落的第一朵雪花……

相比预告，雪还是下得晚了些。大约夜里十点，我才听到淅淅沥沥的雨点里，有了雪粒落地的沙沙声。透过书房的落地窗，看见晶亮的雪粒一蹦一跳满地滚，然后浸在雨水里慢慢融化。只有落在树上、草上的雪粒，未及融化又被新落下的覆盖，积攒着，凝结着，冻成了寒光闪烁的一层薄冰。

雨点与雪粒，是在一眨眼间变作漫天雪花的，就像一场乾坤挪移的大戏法，将远处的城市和近处的树木变得无影无踪。仿佛有一堵柔软厚实的棉花墙，横亘在天地间，让你分辨不出那无穷无尽的雪花究竟是从天上倾倒的，还是从地上飞升的。我似乎明白了，所谓的大暴雪，就是天地一统，万物一齐：大雪瞬间淹没所有色彩，掩埋所有造型，冻结所有运动，甚至窒息听觉、视觉以及关于时空、生命的所有想象；就是世界彻底沦陷，天地被一种极致简单和绝对纯粹的美所统治！

那一晚，应该所有人的梦都被白雪包裹着。我依稀看见一只土拨鼠，或是一只小火狐，伸出爪子，一层一层刨积雪，怯生生探出脑袋打量。一道强烈的白光照射过来，刺得它赶紧闭上眼睛，躲回雪洞里。我揉了揉自己的双眼，睁眼看见窗外反射的白雪之光，才知道那梦中的土拨鼠，原来是自己。

庭院与山林的边界消失了，甚至城市与田野的边界也消失了。触目所及，只是一望无际的皑皑白雪。或许，这才是世界本来的样貌。在遥远漫长的冰川时代，地球不就是一粒冰雪包裹的小白球？后来的五颜六色、千姿百态，应该只是一种幻象，一种变异，一种沉沦。毋庸置疑，多数人心中憧憬、欢喜的世界，就是这大地白茫茫一片真干净的本相。

没想到朝阳跃升得如此果决和豪迈！火球似的，从无边无际的雪原上喷薄而出，万道朝霞将遍地白雪熊熊点燃。雪景的极致之美，不在雪花漫卷，不在月笼雪原，而在大雪初晴，阳光普照千里江山。那是静与动、柔与劲、纯与艳、冷与热的对撞与交融！是生命归寂的迷人诱惑与自然孤绝的壮美献祭！没有人能抵御这纯净的迷惑和灿烂的洗礼！

以为这场大暴雪就这般华贵、隆重地收场了，接下去便是阳光温熙，回归暖冬。可气温总也上不来，夜晚甚至降到零摄氏度以下。白日里融化的雪水，夜里又凝结成冰，一片一片映着月光，冷冷的不仅刺眼，而且刺骨。儿时在乡下，总听老人说，"前雪不化，后雪不远"，意思是积雪若不融化，必定还有冰雪接续。

民谚果不欺人。次日气温再降，淅沥沥的雨水落地成冰。只大半天，原先覆盖着树木、花草、作物和田地的白雪，全部冻结成冰，满世界晶莹剔透的冰棱。乔木的枝条被压得弯曲下垂，最终被"啪"地一声折断，狠狠砸下去，冰棱碎满一地。

整个夜晚，听到的都是树木倒地或枝杈折断的声响，那是一种持续不断、毫无节奏的锥心之声。早晨开门，庭院里的树木一片狼藉，尤其是那棵高大的金桂，三十多公分的树干，竟被从中间撕裂，各向一边倒伏在地，巨大的树冠堆满了院子。这棵树龄半百的桂树，原本冠盖如伞，撑在空中晴能遮阳、阴可蔽雨。每有客至，必伫立树下观赏赞叹，难掩一脸羡慕。此树一毁，差不多就毁了院子的景观。我曾在一篇文章中写到这棵树，发出人不如树的生命感叹，说树可开花千百度，而人却只能赏花百十回。没想到，如今赏花人仍在，开花的树却没了！

再看院子外面的山林，一派灾难大片里的末日景象。树木倒的倒、折的折，断裂的树干直指天空，白生生的伤口赫然刺目，像无声地举证，像义愤地诅咒！小区里遮天蔽日的林荫道，像是被传说中的巨人尽数折断，只剩下了光秃秃的树干。在惯常的想象中，只有核战、海啸或飓风，才有如此巨大的毁坏力，才能造成如此恐怖的灾难场景，想不到人们向往、追逐的冰雪，竟有如此残暴冷血的破坏力量！

外地来赶雪景的，还没来得及返回，便被冻在了长沙；本地沉浸在雪景中的，还没来得及从赏心悦目中走出，便猝不及防被推进了灾难里。从一场极致的审美，到一场极端的灾难，其间没有分界，没有暗示，似乎只是一种自然而然的翻转，一种理所当然的延续。老天没给人任何精神准备和心理过渡，或许就是要给人类一次提醒、一个教训吧！极美与大灾，往往连理而生，联袂而行。一次极致审美的代价，每每高昂得让人难以承受！

这该是一种劫数吧？

纵然如此，冰雪创造的审美奇迹，终究是要被人类憧憬和追逐的，试想：谁又割舍得下世界洁白纯净的那副样子呢？

第四辑

元旦默想

—— 我的新年献辞

一

　　热词是用来应酬交际的，表明你和大家共处一个时代；冷词才属于自己，证明你终究还是你。每张嘴都应该是自己的专属媒体，无话说可以选择沉默。沉默也是一种负责任的媒体态度。那些专业制造热词的人，笃定看不上你的脑子，只看中了你的嘴。

二

　　季节的轮回、草木的枯荣与鸟兽的繁殖，都证明年是一种自然存在，并非人类设定的主观标记。任何一种可以被时光定义的生命，都在年的更迭中减损。重视年的生物学属性，应该比重视其社会学属性更有意义。年节确乎更适合用来反观生命，而不是将自己置身于某种狂欢。一年到头，生命都在为我们的社会身份当差，过年应该卸下这些或华丽或寒碜的行头，赤裸裸地拥抱一下她。与其聆听别人舌灿莲花的废话、声嘶力竭的假唱，不如在黑暗中听听自己的心跳。

三

未来不会因艰难而可怕，因为所有的既往都已从艰难中穿过。未来的可怕在于你相信未来已来。没有人可以洞悉时间的算法。每个人都该对未来心存敬畏。你自信未来已来，未来就可能真的不来。

四

每一个成功的案例都可以归属大趋势，实际上却各有各的小概率。成功的人都爱谈大趋势，而追求成功的人则更应该关注小概率。大趋势是一种公共选择，不论是商业还是人文；小概率则是一种个性操作，不论是自主还是被动。迷信大趋势的人，往往都败在小概率上。

五

及时、准确的资讯，正在为我们构建一个虚假的世界。算法推送、朋友圈推荐，更增加了这个虚假世界的伪真性。绝大多数资讯与我们的生活无关。一个人的生命兴奋点老是被非相关信息占用，其生存就变得虚妄和飘忽。我们的世界是由五官和通感建构的，重要的是直接性和亲历性。直接与亲历意味着认知的有限。其实，人并不需要一个无限认知的世界，更不需要一个被各种信息构造的伪真世界。

六

当下国人最大的生命危机不是癌症、焦虑和"三高"，而是兴奋点多动症。我们的兴奋点每天被各种话题撩拨激发，同时又飘忽不定，无法形成生命长期的创造性兴奋和关注，无法凝聚为目标性的心理能量。如同一座自燃的煤矿，虽然热量巨大，却是无效燃烧。

七

上学的目的应该是学会读书，而不是替代读书，当下的情形却恰恰相反。人们总想找寻一条可以替代板凳一坐十年冷的捷径，比如上各种培训班，到网上购买各种大咖的课程等。世上的许多事确有捷径可寻，唯独读书没有。一部好书如同一丛生长在原野上的带露玫瑰，而大咖们的课撑死了就是一朵干花。读书是一种无可替代的生命状态，是一场生命与文明的持续对话，是让一个人可以既活在当下又活在历史中的唯一可能。

八

岁末最可怕的事是看榜单。我从未意识到一个早已边缘化的文学界，竟有那么多形形色色的榜单，感觉像冬日荒原上飞过的鸦群，黑压压的铺天盖地。面对这些绕不开的榜单，写书的人觉得很丧，那么多榜单你都没挤进去；读书的人同样觉得很丧，那么多入榜的作品你竟没读，读过的当初也没觉得怎么好。听着那些华丽的颁奖辞和诚恳的获奖感言，你会觉得其实那一切与多数作者和读者没什么关系，只是圈子中人相互打拱道贺。文学是真寂寞了，才会被逼回圈子自寻热闹。

如果把科学和技术比作一头猛兽，

那么理性和伦理就是驾驭这头猛兽的缰绳。

霍金十问试答

临终时，他一定会要说点什么的，对人类。

我指的是霍金，史蒂芬·霍金。

十多年前，第一眼见到蜷缩在轮椅上的他，我便认定，如果世上真有先知，他一定是。一张衰老枯瘦的脸，却童稚般的纯净；两只极大极亮的眼睛，澄明得纤尘未染。

先知辞世，总会对人类说点什么，而且一定是他认为不能不说，不说便是辱没了使命的话。于是，我嘱咐湖南科学技术出版社出版霍金著作的编辑团队，尽快联系霍金，在他神志清醒的时候，询问他想对人类说点什么。可惜这事没有来得及完成。尽管如此，我仍坚信他会以某种方式留下自己的临终之言，不是对某个人、某类人，而是对人这个物种。

这便是《十问：霍金沉思录》。他的女儿露西·霍金透露，这是父亲在地球上最后一年所做的最重要的项目。这十个问题也是他一生的追问。如今，他拿这些问题向整个人类发问。重要的，不是他自己所作的解答，而是他提请我们每个人以自己的方式单独作答。

我试图以自己的方式，回答这些问题。

一、上帝存在吗？

上帝存在于信仰者的心中。霍金认定时间始于大爆炸，大爆炸之前没有上帝存在的时间。我认为，如果不是上帝创造了人类，便是人类创造了上帝。因为需要，所以创造。人类需要创造一个自己的创造者。生命的诞生和人类的进化，愈是具有偶然性，其不可穷究的科学依据便愈需要被人格化。人类对世界的认知，有人格化与非人格化两种，且都是人类文明的成果。何况，任何一种宗教，究其根本，都不是为了将造物主供奉在天上，而是敬爱于心中。

二、一切如何开始？

没有开始。佛教劝慰人类，生命在轮回中。人既如此，万物皆然。个人生命的肇始只是轮回中的一个点。大爆炸也只是宇宙时间轮回中的一个点，而不是起点。大爆炸只是开启了宇宙存在的一种新方式，而不是开启了时间。霍金说大爆炸之前是"无"，老庄也说是"无"，但老庄认为"无"即"有"。既然目前科学也无法判定毁灭的宇宙是什么，我们便只能认定宇宙的毁灭只是它的另一种存在形式，是轮回的一段历程，而不是终点。无终即无始，一切皆为轮回。当科学的探索仍然是瞎子摸象，或者只是一种假说，我们同样有理由相信哲学。

三、宇宙中存在其他智慧生命吗？

有，但没有可能与人类交集，因而没有意义。既然宇宙无穷大，且存在永无始终，其他智慧生命存在的概率便无穷大。无穷接近于有的概率，我愿意认定为有。而在一个时间和空间无穷大的背景上，两种或多种智慧生命交集的可能性则无穷地接近于无。宇宙只是一种存在，意义是人类赋予的。智慧生命作为一种存在的意义，同样需要人类赋予，否则无意义。

四、我们能预测未来吗？

能，但作用有限。有的宗教认为时间轮回，如果时间在无穷的轮回中，那么人类往后看便是往前看。人类多少年来都是以顾后而瞻前的。但预测未来只对有限的现实人生有意义，对宇宙观念上的判断没有意义。

五、黑洞中是什么？

是恐惧。在宇宙学意义上，黑洞只是一种场，吞食什么和释放什么，只是一种能量交换方式。它本身是宇宙的一种存在方式，毁灭不了宇宙，即所谓毁灭的宇宙仍是宇宙。对于人类而言，黑洞是一种不可控的毁灭力量，是一种对自然力的恐惧。

六、时间旅行可能吗？

能，其实人类一直都在穿越时空。思接千载，意通古今，都应该是人类进行的时间旅行。人的生命既有肉体也有精神，可以通过不同的方式实现时光旅行。即使肉体的时间旅行成为可能，人类最惯常和重要的时间旅行也是在精神而不是在肉体。

七、我们能在地球上存活吗？

已经在，但不可能永远。这既取决于自然规律，也与人类对物种生态和生存环境的态度有关。"天作孽，犹可违；自作孽，不可活"，只有善待自然，人类才能在地球上存活得更长久。

八、我们应该去太空殖民吗？

应该，但未必可能。狡兔三窟，何况人类！宗教早就为我们描绘过世界末日和挪亚方舟。但以地球生存环境恶化与人类寻找宜居星体的速度看，人类可能尚未在外太空找到新居所，地球已变得不能居住。如果我们将智能机器人也视为一种智慧生命，到太阳系或银河系生存是可能的。我们可以根据球外星体的环境设计硅基人，使其适应球外生存。

九、人工智能会不会超过我们？

会，而且时间不会太久。若就智慧的发达而言，人工智能优化的节律远快于人类进化。人工智能发达到一定程度，就会摆脱工具性，成为一种自主智力。但这并不意味着人工智能机器人将作为一种生命体,整体上超越人类。作为"宇宙的精华""万物的灵长",理论上,人类有可能较长时期主宰地球,但仅仅是理论上,客观的威胁一直存在,而且愈来愈近。

十、我们如何塑造未来?

我赞同霍金的思路,但更强调人类理性和物种意识。我喜欢"塑造"一词,充满了人性的善意与乐观。其实霍金所说的前九个问题,都是铺垫,第十个问题,才是他临终前想向人类所说的话,是他作为一位先知的警示、劝告和指引:"记住仰望星空,而非注目脚下。尝试理解你所看到的,并追寻宇宙存在的原因。保持好奇心。无论生活多么艰难,总有一些事情你能做到并取得成功。重要的是你不要放弃。释放你的想象力,塑造未来。"

我们面对未来,塑造未来,首要的是培育自己的物种意识,着眼于人类共同的处境,坚守人类共同的伦理。如果把科学和技术比作一头猛兽,那么理性和伦理就是驾驭这头猛兽的缰绳。正是在这一意义上,霍金不仅是一位科学家,而且是一位先知。

人类,应该到了"杞人忧天"的时候。

(本文原发表于《光明日报》2019年4月20日第12版,有改动。)

读残雪作品比猜她得奖有意思

残雪突然成为一个热词，对此我丝毫不感意外。

2016 年，与其对话时我就说过：残雪是那种可以将边缘站立成中央的作家。虽然这类作家在文学史上很少，好些时代出不了一两个，而残雪正好属于这一类。她是一个有天赋、有定性、有韧劲把一块冷地站热的人。在当代作家中，很少有人像残雪那样对自己的写作自得其乐，对自己作品在未来的某个时点拥有更广泛的读者抱有十足的自信；很少有一个灵魂的行为艺术家面对稀稀落落的观众仍激情充盈地表演数十年，一个精神的领舞者长时间独舞仍乐此不疲。残雪具有天生的大艺术家气质，那就是将孤独作为艺术生存的常态，甚至转化为艺术创作动力的气质。我猜想，她对今天突然打来的追光应该极为不适应，尽管她一直也期待这样一束追光。

三十多年前，我就觉得残雪是一位值得特别关注的作家。作为一位艺术家，她具有完足的天然性和自发性，她的写作是生命泉眼的自然流淌。即使在那个时代，我也没有用所谓的现代性去定义她。一个真正的灵魂的行为艺术家，将其归属于古典与现代没有任何意义，也没有真正的标示性。或许在审美气质上，她更倾心于卡夫卡等，但这不表明她可以简单地归属于那一类。虽然她说过自己站在卡夫卡的肩膀上，但她站着的肩膀何止于卡夫卡一个人、一类人？残雪首先属于她自己，然后属于她所处的时代。她以自己的独特性，丰富了时代的审美。一个伟大时代审美的丰富性，是由众多优秀艺术家的独特性构成的。残雪属于我们时代不会被湮灭的独特性之一。

残雪艺术的独特性及价值，与能否获奖无关。一个作家是否优秀甚至伟大，从来就不是可以由某个奖项来定义的。或许某一奖项可以推动作品的传播，但绝对提升不了作品的品位和作家的品级。残雪即使不获奖，甚至从未被某一奖项关注，残雪也还是残雪。

作为一名读者，我对残雪作品的审美响应度较高，对于她所创造的独特文体有较大的艺术偏好，对于她艺术创作的真诚有较强的职业认同，但对她是否获奖没有期待。我甚至认为，任何一种奖项，既是对艺术家的一种肯定，也是对其艺术完整性的一种伤害；既是对读者的一种指引，也是对阅读的一种误导。对于一个读者而言，猜测残雪能否得奖，远不如阅读其作品有意义和有意思。艺术创作不是体育竞赛，并不需要也没有一个公正的裁判。对残雪而言，终极的评判者只有读者，只有读者的喜爱或者批判。

我说过："对于一个优秀作家，纪年的单位是世纪。"残雪如果连一个世纪都没有跨越，获再多的奖项也只是一场虚妄的玩笑。残雪一直强调自己为未来写作，我想她对赢得时间是充满信心的。

我当然期望中国当代作家走向世界，但只是希望他们走出去征服更多读者，而不只是某几位评委。

或许因为我曾经评论过残雪，并曾与之对话；或许因为中南传媒旗下的湖南文艺出版社出版过残雪的一些作品，不断有人询问对残雪被提名的看法，说实话，我对一张赌博公司的榜单没有任何兴趣。即使残雪最终获奖，我心中的残雪还是那个在寂寞中坚守的残雪。至于我心中的残雪是什么样子，可以参阅 1987 年我撰写的《面对一种新文体的困惑：对残雪小说艺术的一种解读》，以及 2016 年我与残雪的对话《暗影与光亮》。

（本文原发表于《潇湘晨报》2019 年 10 月 11 日第 5 版，有改动。）

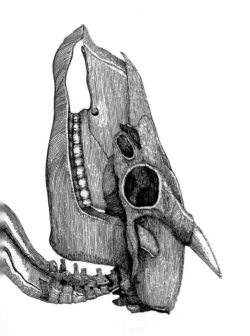

那些专业制造热词的人，

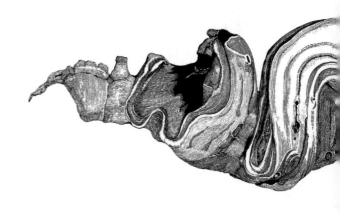

笃定看不上你的脑子，只看中了你的嘴。

钟先生的文章

年岁一大，读书便少了耐心。一篇文章，点开读读开头，若觉文字欠火候，或者叙事没腔调，便随手划了过去，连瞅瞅结尾的兴趣都没有。若是一本书，抽读两三章，再把序、跋翻翻，十之八九也会扔去一边，再无拿起的心情。

说实在的，当今蹿红的作家，第一部书拼尽才情和生活，大体可以卒读。及至第二、第三部，就多是炒剩饭了，看看开头便知结尾。尤其时下所出的散文集，读两三篇会眼睛一亮心一喜，再往下，便觉得大同小异，捉襟见肘。我读书，虽并不特别追逐故事的新异，但一本书读下来，篇与篇、章与章之间，总该有些情节跌宕、意义翻转、趣味升华，方可让人饶有兴味地读下去，不至于味同嚼蜡，心绪索然。

近两月，真正一字不落读完了的一本散文，是钟叔河先生新出的一个选本，名曰《暮色中的起飞——念楼散文选》，化用了黑格尔的一句名言。先生的文章，素为我所爱，故其中多数的篇目都曾读过，只是随见随读，零零落落不成体系。如今精选一集，依序通读，秉持细嚼慢品的心态，倒有了些深切而会心的文章悟得。

钟先生是著名编辑家，早年多舛，中年后黄卷青灯，孜孜不倦编图书，可谓心守一处，职守一业。先生的文章，亦大多缘起于编书。真正使其在业内声名鹊起，且终至破圈的文章，均属论书聊书的那一类，尤其是为"走向世界丛书"撰写的序论。其宏阔的视界、警策的立论，自带一种纵横捭阖、左右逢源的气度。不过究其站位，先生始终只是作为一位编辑。他可以历史、文化、宗教、政治、三教九流无所不谈，但他永远紧扣自己编辑的作品和作者，史料征引再泛、话题延展再远，到头他都会锚定自己的编辑身份，申言自己的观点皆属编辑见识。

散文作为一种亲历性文体，作家不仅是叙述主体，而且是核心人物。作家的"人设"，决定了文章取材的视界、叙事的角度、思考的维度、文化的品位和文字的风格，武断一点说，作家即文章。不妨尝试着将先生编辑家的"人设"置换为史学家、版本学家、文化学者或时评家，其文章的阅读感受和评价，必定大异其趣，甚至大相径庭。《暮色中的起飞——念楼散文选》里冠以"书话"的精短文字，多是先生读书编书的偶得：一则有意思的掌故，一句有趣味的言说，触碰到了人生中某一柔软处或隐痛处，便信手记下，算是编书的副产品。先生不止一次地申明自己不算作家，所写作品也算不上"纯文学"，凭此坚守单一纯粹的编辑家身份，从而使其文章具备了青灯黄卷的佗寂、铅华洗尽的质直、历经劫难的通透、囿于斗室的静思。相较之下，我辈作文，总希望写什么像什么，努力将"人设"弄得很混杂，结果四不像，往哪靠都非驴非马。坚守单纯而饱满的人设，是先生写文章的一大秘诀，当然更是其做人的一种境界。

"琐谈""往事""自述"三辑中的文字，多为先生所倡短文的典范。其中的一些，我曾作为范文，做过逐字逐句的修改练习。其结果，不仅结构难动一两处，就是文字上也难得改动词句乃至标点。这种修改文章的练习做多了，便慢慢悟到写长文是一种能力，写短文是一种修为；写长文是一种才华，写短文是一种境界。先生的文章，无论是辨析史实、讽喻世相、记述羁旅，还是缅怀旧友、追忆往事，总在一人、一事、一场景、一视点上用笔墨，于一事中见人之性情，于一义中显思之精警，绝不旁枝摇曳、思绪缤纷。比如记人物，《悼亡妻》仅以千余字，写了妻子带病帮他腾书房的一桩小事——他们数十年相濡以沫、患难与共，当有多少铭心刻骨的经历值得记述，先生却仅以此一寻常琐事，写尽了妻子的贤淑与体贴；比如写时代，《协操坪》只写了大校场一个场景，从其用途到面貌的变更，叠印出了百余年的时代翻覆与长沙嬗变；比如写往事，《望过年》只写了盼望过年一个意愿，却从儿时盼过年丰盛的吃食，翻转到盼过年家长管束的解放，再翻转到国外圣诞节的自由约定和自我松绑……

无论写什么，先生总是胸中有十，仅取其一，且能以一当十，给人一种信手拈来的雍容和举重若轻的从容。此类云淡风轻、俏短多趣的杂感杂记，在明清文人笔记中不难找见，到民国，更有周作人的一路。先生素敬知堂老人，编辑过他的多种文集，对其文章的做法亦有过悉心的研习，然而我读先生的散文，总觉得其皮相在作人，骨相在树人；韵致在作人，精神在树人。先生文中的冲淡难尽掩沉郁，机智难尽遮耿介，风趣难尽藏较真。就是这掩饰不住的一点点，将其与明清笔记和知堂随笔区隔开来。不管先生借古讽今如何曲折迂回，针砭时弊如何点到即止，然其一讽一砭，绝对都在其时政治或文化的穴位上、要害处，令人冷汗发背，隐痛在心。近年，总有文章将先生推举为精神斗士，虽其推诿不认，但他人也不是无端妄评。在世的作家中，能将周氏二兄弟的散文兼收并蓄，并熔铸成个人风格的，似乎仅先生一人。

钟先生眼见便百岁了。他的文章，当然是活出来的。套用一句俗话，他"吃的盐比别人呷的饭多，过的桥比别人走的路多"，其文章自然就有他人不曾见过的人生风景，不曾体悟的生存智慧。人生譬如行路，经了也便过了。经过了当然也不一定放得下、扔得掉，只是用自己的生命掂出了它的真实分量，置放到了恰当的人生位置。读者看起来是举重若轻，而在先生，却可能就是实实在在的轻。读者觉得是生活里过不去的坎，先生不仅过去了，且回头看并非那么九死一生、谈虎色变。即使是历经劫难，先生过后谈起，也会是一种只属于他的视觉、语境和述事态度，与读者所持的公共认知形成了差异和疏离。先生文章中的个人经历，每每被时代化、公共化了，而先生的体验与认知却又始终坚守着个人立场。这两者间的视觉错位和心理错位，呈现为一种特有的通透感、松弛感和机智风趣。先生说自己不写檄文，也写不出美文，其实他所追求的是趣文与妙文，且这些文章的有趣与精妙，不在思想的锐利、文辞的华美，而在其写作的心态和叙事的腔调，即天下无新事，故只能旧事新说；人生无大事，故只能琐事趣说。因而先生的文章随兴而起，随兴而收，却意趣盎然；响鼓轻锤，点到即止，却机敏精妙。

先生的文章，其实也是改出来的。他曾写到钱钟书先生为其作序，一篇短序竟前后寄了他三稿，稿稿都有改动。而先生自己的文章，一样永远在修改中。他曾为我的《满世界》写"感题"，字不足三百，竟反反复复送来了四稿。虽每稿改动都不大，但改动之后，要么更顺畅自然，要么更简洁精当。《念楼学短》

是一套畅销多年的老书，人民文学出版社这次拿去新出，先生又作了逐字逐句的修订。我看到先生所校的书稿，满版都是笔红。而其时，先生已年逾九十，且是病后躺在病床上一笔一画修改的。这些读起来觉得信手拈来、自然天成的文章，其实是先生一遍一遍字斟句酌改出来的。

2024 年 6 月 18 日于抱朴庐息壤斋

当下国人最大的生命危机不是

癌症、焦虑和"三高"，

而是兴奋点多动症。

我究竟算不算个湖南人

——因《天宠湖南》兼问生长于斯的朋友们

被问算不算湖南人，是在梦中，自己问自己，且神情庄肃，一副严厉追逼的口吻。竟不知如何回答，一急，便醒了，方知是梦。急出的汗水，真实地湿透了衣衫。起床坐在书房里，没开灯，看着天际一抹熹微的曙色，缓缓浸润为漫天霞光，听院中一声清浅的鸟唱，慢慢合奏成宏大交响……

起初觉得，这梦中的一问，有些突兀，有些诧愕。分明大半辈子生长于斯，不算湖南人，能算哪里人呢？继之细想，这一问，未必就那么匪夷所思没有来由，其答案，亦未必那么理所当然。且梦中没能回答上来的问题，醒来了，也未必能回答得理直气壮。

所以有此一问，大抵因为《天宠湖南》。

去年冬天，龙博、许洁来家里，说是数月未见老师，专程来看看。我觉得他们的到访，应该另有目的，因为同来的，还有仅一面之交的杨吉红。龙与许，是我早年教大学时的学生，三十多年素有过从，杨则只在张家界一起吃过一顿饭。那时，他的《魅力湘西》正准备上央视春晚，颇志得意满。一头蓬松乌黑的齐肩长发，飘扬在金色斜阳里，真正的少年英俊。十余年过去，长发依旧，帅气依旧，脸上却刻了些倦意和沧桑，一看便知是经历了故事。先是不着边际瞎聊，从龙投资的《九歌·山鬼》，到许投资的张家界学院，再到杨卖掉《魅力湘西》后在北京、山东的种种投资。天南地北绕了一圈，终于说到了正题：他们签下了铜官窑古镇的大剧场，准备联手做一场文旅演出，想请我担纲总策划。

完全出乎预料！我想也没想，便一口回绝了。一是我从未沾手大型演出且无兴趣；二是人民文学出版社刚刚约了两部书稿，散文年底要交稿，小说才写了几万字，根本无心旁骛。三人见我"砰"地一声把门关了，毫无商量余地，便把话题转向了别处。

过了两天，龙博来电话，邀我去铜官窑古镇看看。我知道，新华联投了一百多亿，围着石渚湖建了一座仿唐古镇，规模在国内新的仿古建筑中数一数二。我家距古镇，驱车仅半小时，因为疫情，一直没去看过。对铜官的文旅价值，我一向看好。当年"黑石号"被打捞出海，我就想集团连船带瓷器一起买回来，在铜官建一座博物馆，以此为龙头开发文旅。将这一想法汇报给当时省里主要领导，因其马上要荣调北京，未来得及决策，便被新加坡人买了去，铜官失去了一千多年后再次让世界瞩目的机会。后来，谭小平主政望城，邀傅军、叶文智和我去铜官，商讨开发之事。三人似乎都有兴趣，但思路各异。望城选择了傅军"文旅地产"的方案，于是便有了这座临江环湖的铜官窑古镇。

剧场靠古镇，面湘江，一派恢宏的大唐气派。我有些不解，傅军当初为何用了"铜官窑古镇"这么个不咸不淡的名字，而不叫"大唐铜官"？古镇选址的石渚湖，就是唐代瓷窑的聚集地和通江达海的码头，人们熟知的铜官老街，反倒是宋代之后才慢慢转移过去的。

我不懂剧场，看不出设备优劣功能多寡，只是为舞台的巨大所震撼，从台口往后，纵深竟达五十米，为舞美留下了纵情施展的空间。杨吉红是专家，他逐一介绍多点威亚、升降平台、组合冰屏、270度环幕等诸多设备，尤其说到音响，堪称绝对一流，北京也只有天桥大剧院一家能比。他兴奋得声音颤抖，就像赛车手赢了一台豪车，狙击手缴了一杆好枪。他估计剧场的建筑加设备，即使在当时，少说也投了四个亿。

我是见过些古镇的，每到一国一地，总喜欢到古城、古镇、古街走走。除了欧洲，多数的古城镇，规模都不大，无论遗存还是仿建，横竖就一两条街，多走几步便穿了帮，如同电影棚里的搭建。铜官窑古镇，则占了三四千亩土地，环湖两三条街，清一色的仿古建筑，怎么绕，都在古镇的氛围里。有些明清老宅，是整体搬迁的，岁月的包浆原本就在。杨吉红将我们领进一栋临湖的民宿，坐在屋子里喝茶，推窗便见湖光山色，你可以想象一千多年前，湖边草市繁忙的陶瓷交易，还有不远处漫山遍野的闪闪窑火。

谈到具体演什么，龙博的方案是"湘军志"，将曾国藩、左宗棠一众湘军将帅搬上舞台；杨吉红的方案则是"湘女多情"，将历代湘女的传说与故事做"串烧"，结构上类似《魅力湘西》。我想了想，似乎都不靠谱，前者有历史评价的沼泽过不去，后者有市场的风险赌不起。三人不约而同地问我，那该做什么？我说不知道，也没想过。我觉得演什么决定了成败的百分之七十，叮嘱他们沉下心来，扎扎实实把前期策划做好。接着推荐了盛和煜和罗宏两位朋友，建议请他俩来主持策划和剧本创作。只是他俩虽已退休，但手头活儿都不少，能否拨冗参与，就要看运气了。

盛和煜是戏剧大咖，素有"编剧皇帝"名头。他编写的戏剧，得过十一次"五个一工程"奖、七次"文华奖"。这两种奖，人家得一回便终身荣光，他却一次一次拿得手软。戏剧演员想得大奖，首先想到的，就是邀请盛和煜写本子。除了戏剧，他还写过电视剧《走向共和》、电影《夜宴》等，真正的全能编剧。

罗宏是我在吉首大学的同事，考上了南京大学的研究生，毕业后跑去广州大学当了教授。他似乎从未安心于课堂，一直在南方文化艺术界折腾，撰专著、写小说、拍电视剧，一路风生水起。他的一本小说《骡子和金子》，卖出了七八个版权，除赚得盆满钵满，还得了十多个大奖。他是湖湘名人罗典、贺长龄的后裔，这两人，是湘军教师爷级别的人物。因此罗对湘学、湘军和湖南近代史，有源自家学的独特研究。新近为写《湖南为什么这样红》，又实地踏访了诸多红色资源地，拥有了贯通的湖湘史视野。

许和龙也是罗的学生，我一提，便觉是上佳人选，当即打电话邀请。盛，他们不熟，则由我出面代邀。罗、盛两人得知，均表示愿意参与，但不约而同提一个条件，便是必须由我担纲总策划。本想推出他俩以便自己脱身，没想到，我的担纲成了他们出山的前提，真是自己挖坑自己跳。龙、许与杨乘机以师生情力邀，似乎我不受邀出山，便是见难不纾，惜力不使，大大违背了为师之道。

别无选择，我只能静下心来，琢磨琢磨这场演出了。

于是有了那个梦，还有声严色厉的那一问。我久久坐在书案前，透过院里院外的树木，看着一轮朝日从东方升起，喷薄间红霞满天、光华万丈，天地辉煌灿烂。我被这大自然的无边美好和恩宠所撞击、所淹没，心中倏然闪耀出四个字：天宠湖南！我欣喜若狂，认定这便是我殚精竭虑而未得的主题！以湖湘近万年的历史，作一部壮阔恢宏的湖南史诗！我知道这想法近乎疯狂！中国的文旅演出，多是编一个通俗的爱情故事，或者是民族、地方风情的串烧，作一场跨越数千年的地方史诗剧，不仅无人尝试，甚至无人敢想！在文旅演艺界，这是一片绝对的无人区。

被钱基博称为"四塞之国"的湖湘，一向被视为边鄙之地、蛮荒之地、流徙之地，似乎湖南的文明史，迟至宋代才开启，而湖南对中华民族的贡献，更是只有湘学、湘军和近现代的革命！这不仅仅是所谓的民间共识，且是学界的成见。近几十年考古发现的重大成果，完全未能改变湖南在中华文明史上的地位。比如道县玉蟾岩发现的一万二千年前的稻种，澧阳平原城头山发现的六千五百年前的大片稻田、六千年前功能齐备的城市，鸡叫城发现的四千七百年前规模宏大的木制建筑群，都未能改写"神农尝百草、传稼穑"的史述。公认的神农败走中原、流落湖湘的时间是五千年前左右，这被描述成一个茹毛饮血、栖居山洞、蒙昧未启的时代，但那之前，成熟的农业种植、有规模的城市建筑，已早早出现在湖湘大地上。考古成果的学术化延误，造成了对湖南历史认知的长久讹误！不仅是外地人，即便是湖南人自己，也认为其生养之地边鄙、蛮荒，文明发育晚迟。我觉得，这恰恰是这场文旅演出的使命，也是机遇。我策划做一场"熟悉而陌生、可爱而宏大、快乐而庄敬"的地方史诗剧，作为对这片生养之地的礼赞。按照以新的史料为据，以新的史实为本，为湖南正名，为湖湘献礼的思路，我撰写了《天宠湖南》的策划大纲。希望以艺术的呈现方式，奉献给湖南人一部新家谱。

罗宏刚在广州做完手术，我以为他至少会在家休养一两月，没想到出院第十天，便只身到了长沙。我赶去见他，他已和龙、许、杨在茶楼里聊了两个小时。罗说他已谈完想法，我来了，他再说一遍。我让他先别讲，我先说我的策划，然后看看彼此有多大差距。于是我把策划思路择要说了，听完四人哈哈大笑，说我俩的想法几乎如出一辙。罗说他正在写《湖南历史的关键时刻》一书，他的建议，是将这些关键时刻串联起来，做一部艺术化的湖南简史，取名《湖南史记》。杨一听我取的名字叫"天宠湖南"，立马激动得站起来，手舞足蹈地欢呼："就凭'天宠湖南'这四个字，这部戏就成了！绝对成了！"

稍后到来的盛和煜，听了《天宠湖南》的名字和主题，用他那永远改不了的常德话说：这个好！要得！要得，真的要得！他说几年前省里委托他写过一个剧本，准备进京演出，内容也是择取湖南历史上的四个重要人物，写了四幕戏，只是不是文旅演出。后来经费没到位，黄了，本子一直丢在抽屉里。他说了最后一幕"禾场坪"的戏：陈天华死后，母亲站在禾场上等儿子回来，黄兴、蔡锷、宋教仁等走过来，每人一声娘，叫得撕心裂肺……盛还没讲完，杨已泪流满面，泣不成声，一手竖着大拇指，一手抹眼泪，半天没有说出一句话来。

主题与题材的确定，不约而同毫无争议，大出预料，我甚至觉得意见太过统一，便提醒大家：理性点，回头再想想。杨一拳砸在桌子上,斩钉截铁地说:不用再想了,就这个!就这个!

我和罗很快拿出了新一版策划大纲,搭建了序曲尾声加五幕戏的结构,并对其中的事件、人物、场景和历史评价作出了详细描述。与罗首次合作,没想到竟心有灵犀,不仅极易达成共识,而且能彼此激发、彼此升华,每每锦上添花。我提出序曲从城头山中华第一片稻田、第一座城市写起,他便建议干脆上溯至道县玉蟾岩,正好写湘湘一万年;我提出汉代的戏以汉宫为场景,将马王堆出土的漆器、绵帛、书简全面展示,凸显汉代湖南人的物质文明,他则建议迎接贾谊的舞蹈由辛追跳;他提出唐代要把众多大诗人旅湘写出来,我便建议以铜官窑瓷上题诗为纽带,将器物与文化融合;他提出写明初战乱造成的十室九空和大移民,我便建议要写大难不死的湖南从"养自己"到"养天下",赢得了"湖南熟、天下足"的社会共识;他提出写湘军要回避打洪杨,我便建议写湘军睁眼看世界、办洋务,提升湘军的历史评价;他提出写左宗棠收复伊犁,我便建议写一段左宗棠的战前动员,为《天宠湖南》破题点睛……

剧本由盛和煜、阿越师徒担纲,阿越先根据策划大纲和文学稿本拿初稿,然后由盛和煜修改定稿。阿越也是湖南人,早年是网络作家,还是研究宋史的博士,投身盛门后,开始剧本创作。听到师傅召唤,阿越放下手头正在写的电视剧本《范仲淹》,从云南赶来长沙,欣然接手了《天宠湖南》的剧本创作。

之所以看好阿越，是因其网络写作的经历，对Z世代人群，有较深的心理研究和审美把握，希望他能给《天宠湖南》带来年轻一代观众。阿越按承诺二十天交了稿，大家满怀期待阅读剧本，读完谁也不吱声。剧本多少有些游离于策划大纲，使得许多精彩的桥段与大结构吻合度不够。见一群人你望我我望你都不发言，盛和煜站起来，习惯性地抹一抹头发说：那有么子办法呢？我自己来！一个月交稿！从颤抖的声音中，我感受到他的愧疚和决绝。毕竟，他大了我十来岁。我顿时眼睛潮润，心想，无论这一稿能否一次过关，都不能让他动手写第二遍！

几天后盛来电话，声音嘶哑，说话有气无力，不用他说，我就知道阳了！七十多岁的人阳了，我怎么也乐观不起来。如果真的拖个一月两月，剧本何时能交，谁也说不准。龙博与我沟通，谁能最终为剧本托底？想来想去，只有自己！于是我和龙博开始构思剧情、台词和歌词，他甚至拿出了屈原"五问"的台词。

不久我也阳了，且住进了湘雅。因为肺部有些感染，医生讲得很恐怖，似乎像我这样"三高"的人，阳了之后十之四五出不去。我倒没有那么悲观，医生的话从来只信两三分。但那阵子不时传来的噩耗，仍像一个不断膨胀的幽灵，逼迫着我不得不去思考"是死去还是活着"的问题。

都说湖南人不怕死，似乎湖南这地方，穷得只有拿命当赌注。

所谓"敢为人先",所谓"扎硬寨、打死仗",所谓"若道中华国果亡,除非湖南人尽死",说的都是湖南人以死搏生的精神。而我突然觉得,湖南人不怕死,恰恰是因为他们把生命看得太重太重,他们不愿将生命消耗于庸庸碌碌、蝇营狗苟的琐屑生活,不愿将生命糟践于一单生意、一个官位的权谋心机,他们只愿将其珍贵的生命,奉献给自己认为最值当、最光彩的那件事。代表湖南的那些先贤先烈,他们追求的不是生活价值,而是生命价值!屈原开启的浪漫精神,不是一种生活的浪漫,而是一种生命的浪漫。别人的浪漫是为所爱牺牲某种生活,而湖南人则为所爱献祭全部生活。

为此我将湖湘人与江浙人的文化人格作了一个对比:湘人争义气,浙人争义理;湘人敢拼命,浙人善做局;湘人凭孤勇,浙人靠抱团;湘人求险成,浙人谋稳成;湘人出豪门,浙人多士族;湘人争雄于一隅,浙人图存于天下;湘人凭搏得于乱世,浙人靠算得于治世;湘人雄强、质朴、浪漫,以不惧死求成于人,浙人柔韧、聪慧、务实,以不怕苦求成于事。这种比较,放在某个具体时点,例外不难寻找;放在通史的视界中,本质的区别则赫然存在:浙人要把生活过成一朵花,湘人要将生命开成一朵花!就在湘雅医院的病房里,看着隔壁病人不时被推进ICU,听着熟人的死讯不时传来,我竟为《天宠湖南》定下了主题:骨血浪漫,生命如花。

　　或许真是天宠，罗与盛，一位年届七十，一位年逾七十，且都有基础病，阳过竟很快便恢复了，待我从湘雅出院，他俩已生龙活虎有如少年。春节一过，盛便拿出了他亲自撰写的剧本。"行家一出手，便知有没有！"我连夜读完剧本，深为这位老兄蓬勃的才情所折服，他不仅按策划大纲和文学稿本将内容完全舞台化了，而且贡献了用弹词方式表现明末湖南移民的神来之笔，以及湘军将帅"分工天下"和"禾场坪归来"两场摄人心魄的话剧。大家一致认为，有了这个剧本，表现万年湖湘的艺术逻辑贯通了、自洽了，后续的综合性艺术创作，有了一个坚实基础。当然，也因为剧情的演进，策划中一些重要史识和思想性结论被淡化，导致某些关键性对话未能出锋，字幕与画外音游离。我和罗、龙决定，在此基础上自己再修改一稿，然后交盛审阅定稿。

　　罗在历史贯穿上是高手，我将字幕和画外音交他完善，同时由他查证所有史实，我则升华重要戏剧桥段，尤其是人物对白，使其更出锋出彩。虽然我在大学教现当代文学时主要讲话剧，对欧阳予倩、田汉、郭沫若、曹禺、老舍话剧有所研究，但具体操作剧本，这是头一回。我明白瞻前顾后、畏首畏尾是完不成这一任务的，于是放开手脚大刀阔斧，心想即使弄砸了，反正还有盛这个"编剧皇帝"兜底。卸下了所有心理包袱，一下便进入了创作状态，我完全未将这个本子的作者视为一位戏剧泰斗，而是一个才华横溢的年轻作者。我不顾天高地厚地率性而为，三天便改完了所有我觉得该改可改的地方，只剩下了左宗棠那场戏。

写左宗棠收复伊犁，我被一个疯狂的想法所诱惑：不写谋于密室的战略，也不写拼于沙场的战斗，只写左宗棠一场战前誓师，用一段长达五六分钟的训话，将全剧推向思想和情绪的高潮。我设计在一千平方米的舞台上，只留下左宗棠一个演员，造成一种左宗棠不仅是面对千军万马，而且是面对高天阔地，面对千万年历史的宏大时空，表现湖南人的气概，宣示湖南人的精神，以湖南人对"天宠"的独特理解，为全剧升华点睛。如同一头困兽，从晚上九点开始，我在书房里来回疾走，疯魔般积攒那种气壮山河的豪迈和向死而生的决绝。我不停地书写，不停地揉掉，废稿扔了一地，烟蒂积了一缸，一段约四百字的独白，竟折腾了整整一宿，直到天光破晓，一轮朝阳喷薄升腾，我才收笔定稿：

将士们，将士们！这五年，我军拼死血战，收复了新疆大部分土地，只剩下伊犁还在沙俄手中。论牺牲，我们对得起朝廷了！论战功，我们更对得起朝廷了！如今，朝廷已准许我们撤军回湘，可丢下伊犁这一大片土地班师回朝，我左宗棠心犹不甘，气犹不顺啊！我辈湖湘子弟，中华铁军，难道就眼睁睁看着沙俄，把这一大片好山好水占了去？难道我们就忍气吞声，任由老毛子在我中华大地上耀武扬威？我们若不打，在谈判桌上，纵使曾纪泽唇枪舌剑，据理力争，老毛子也决不会将伊犁归还我们！两百年来，老毛子四处攻城略地，其马实快，其炮实利，但这就一定能胜过我湖湘子弟浩然捐生，蹈百死而不辞的铁血意志？

（众将士：大帅，我们拼了！拼了！）

好！好呵！我将亲擎帅旗，抬棺出征，不在伊犁活，就在伊犁死！我左宗棠已年届古稀，能用这把老骨头和你们一起血战伊犁，命许国家，生何幸哉！天何宠哉！我湖湘大地，物产丰饶，地灵人杰，实乃天之厚宠！我湖湘子弟，有幸为国赴难，命许中华，更是天之厚宠啊！

我和罗宏将剧本交给盛和煜，心中忐忑惶恐，我们如此班门弄斧，若不是仗着几十年的交情，打死不敢这般胆大妄为！更为惴惴不安的是，不知我这一弄，是否反而要让他推倒重来，拖延了创作进度。两天后，盛打来电话，开口便说蛮好，真的蛮好！起初的确还有点担心，看了三遍，放心了，真蛮好！不用再改了。他似乎怕我不信，又强调说：一不是客气，二不是偷懒，不行我是一定会改的，我也爱惜羽毛哈！

杨吉红组合了一个极年轻的艺术创作团队，且多为湖南人。总导演兰天文，常德人，二十年前是《魅力湘西》的导演，那时他研究生在读，后来公派赴美深造，归来在武汉一所艺术院校执教，已是全国知名的综艺导演；服装总监张诚，邵阳人，年方三十，参与过多种大型演出的服装设计，小小个子，满身都是灵气；音乐总监张渠，刚入四十，宜昌人，按文化圈算半个湖南人，作为独立音乐人，他是国内多台大型演出的作曲人，年纪轻轻已晋咖级；视频团队更年轻，且多为湖南人。策划、剧本创作团队和艺术创作团队，正好是两代人。

两支人马的首次大聚会是在重庆。见面会上，我只提了两点要求：一是各位是行家，但不能出行货，创作必须全情投入、彻底燃烧；二是艺术风格朝流行审美上走，要通过艺术呈现，将Z世代人群顺畅带入历史。有教化的功能，但不能用说教的方式。

初读剧本，艺术团队颇茫然，毕竟"一剧万年"的活儿不仅没干过，而且没见过，能否做下来，谁心中都没底。签不签约揽活儿，其中几人犹豫了一个月。最终其下定决心参与，一是因为湖南人的身份，二是被策划团队的决绝所感动，大家横下一条心——以敢为人先的艺术创作，演绎湖南人敢为人先的精神，即便失败，亦虽败犹荣！

艺术创作的过程，极度艰难痛苦，若无"扎硬寨、打死仗"精神死扛，随时可能泄气崩溃。五幕戏加上序曲尾声，布景更换超过二十次，串联起来就是一幅湖湘数千年生存场景的写实长卷；每个演员需至少更换七套服饰，串连起来就是一场眼花缭乱的服饰穿越秀；音乐、舞蹈也需按时代断代，叠加在一起，恰如一场湖湘音乐、舞蹈史的盛大展演……时长的限制和艺术元素的纷繁复杂，构成了一堆难以协调的矛盾，那些看上去几乎无解的死结，逼得我们不是发疯，就是想两手一撒彻底放弃。有时一段两分钟的音乐，我竟逼着张渠做了二三十个版本，弄得他恨不得炸了录音棚……

　　主题曲原本是请唐恬作词的，按她的习惯，张渠先提供了曲子，结果她又因故不能填了，只好在北京另找词作家。请人唱出来，怎么听怎么不满意，我要的不是复述剧情，而是要表现湖南人的生命态度和人生价值观，于是一咬牙，自己动手重新填写。词必须按照原词的字数、节奏和韵律来填，想到一个得意的句子，却每每因为不合节奏和韵律舍弃。几乎花了两个通宵，写了数十稿，才肯自己饶了自己。我将这首主题曲，命名为《生命如花》：

　　种田不为攒个庄园

　　读书不为考状元

　　打仗只为赢尊严

　　人生百年弹指间

　　一生中只够一次骨血浪漫

　　河山千万年

　　谁都能让自己灿烂如同夏花一般

　　世事多艰难

　　纵死去一如夏花芬芳绚烂

生活不必只求圆满

家国天下一肩承担

柴米油盐谁都难免

诗与远方在心间

侠骨柔情走北闯南

顶一头星光永远少年

岁月如流生命如花

无悔的骨血浪漫

　　从主题确定到试演，整整七个月，我彻底沦陷在湖南近万年的历史里。搜寻新的考古发现，求证新的史学观点，演绎新的历史逻辑，无数次在梦中成为某一位湖湘人物，沉浸于历史场景和文化场域上演他们的故事。无论是梦是醒，这大半年，我始终在体会那些湖湘代表人物的命运、心态和情感，力图从其迥异的人生轨迹、特立的人格个性中，找到一种共同的精神密码，即湖南人的生命态度和价值观。

　　这是一次茫然孤绝的精神探险，也是一次情感震撼、理性自省的文化人格重塑。湖湘先人那种牺牲生活幸福人生圆满，以求一次生命盛开的决绝、豪壮和高贵，让我体会到：湖湘人的浪漫，远不只是所谓想象的奇诡、辞章的瑰丽，远不只是所谓爱得浓烈、恋得脱俗，远不只是所谓个性舒张、行为放任！

他们不是为生活而活，而是为生命而活，且不是为生命的长度而活，而是为生命的价值而活。如果不能以活着的方式实现其生命价值，那就宁愿以死去的方式去实现！这是永远不将生活当作人生目标的一群人！他们比谁都珍爱生命，他们不怕死，是因为他们觉得还有一种东西比活着更重要，那就是将生命献祭给族群、社稷，献祭给一片江山、一种文明的久远未来。即使他们主张经世致用，也是"用"在求江山不丢、文化不绝，求人格不被折辱、理想不被践踏！他们不仅面对刀枪威逼宁死不屈，而且面对生活诱惑视若无睹。他们向死而生，更向生而死！人生百年，生命如花，一生只够一次决绝绽开，他们也必求一次决绝绽开……

我的先祖，也是明初移民。他们虽不曾在城头山耕种筑城，也不曾在铜官窑烧窑造瓷，甚至不曾在岳麓书院挑灯苦读，但数百年来，他们落户澧阳平原生息繁衍，耕于斯读于斯，既得湖湘物产之喂养，也得湖湘文化之哺育，这方水土，这脉文化，早已改写、优化了他们的生命基因，使之成为湖湘先民的一个新族群。

毋庸置疑，我们都是湖湘的子孙，无论你选择乖顺还是叛逆来宣示这一点。然而，当你将这方水土、这脉文化，不是当作一种习性自然继承，而是作为一种人生态度和生命价值予以追求时，自省与修炼就变得必不可少。在这一意义上，《天宠湖南》，是我、盛和煜、罗宏、许洁、龙博、杨吉红、兰天文等，

献给生养之地的一曲深情颂歌，更是一次使自己无愧于湖南人
身份铭心刻骨的修炼，不是刺青，不是烙印，而是骨髓与血液
的净化甚至再生。

（本文原发表于湖南日报·新湖南客户端 2023 年 7 月 19 日，有改动。）

第

五

辑

一个坠落苹果的两面：极端智慧与极致想象

——「第一推动丛书」25周年版序言

连我们自己也很惊讶，"第一推动丛书"已经出了25年。

或许，因为全神贯注于每一本书的编辑和出版细节，反倒忽视了这套丛书的出版历程，忽视了自己头上的黑发渐染霜雪，忽视了团队编辑的老退新替，忽视好些早年的读者已经成长为多个科学领域的栋梁。

对于一套丛书的出版而言，25年的确是一段不短的历程；对于科学研究的进程而言，四分之一个世纪更是一部跨越式的历史。古人"洞中方七日，世上已千年"的时间感，用来形容人类科学探求的日新月异，倒也恰当和准确。回头看看我们逐年出版的这些科普著作，许多当年的假设已经被证实，也有一些结论被证伪；许多当年的理论已经被孵化，也有一些发明被淘汰……

无论这些著作阐释的学科和学说属于以上所说的哪种状况，都本质地呈现了科学探索的旨趣与真相：科学永远是一个求真的过程，所谓的真理，都只是这一过程中的阶段性成果。论证被想象讪笑，结论被假设挑衅，人类以其最优越的物种秉赋——智慧，让锐利无比的理性之刃，和绚烂无比的想象之花相克相生、相辅相成。在形形色色的生活中，似乎没有哪一个领域如同科学探索一样，既是一次次伟大的理性历险，又是一次次极致的感性审美。科学家们穷其毕生所奉献的，不仅仅是我们无法发现的科学结论，还是我们无法展开的绚丽想象。在我们难以感知的极小与极大世界中，没有他们记录这些伟大历险和极致审美的科普著作，我们不但永远无法洞悉我们赖以生存的世界的各种奥秘，而且无法领略我们难以抵达的世界的各种美丽，更无法认知人类在找到真理和遇到美景时的心路历程。在这个意义上，科普是人类极端智慧和极致审美的结晶，是物种独有的精神文本，是人类任何其他创造——神学、哲学、文学和艺术无法替代的文明载体。

在神学家给出"我是谁"的结论之后，整个人类，不仅仅是科学家，包括庸常生活中的我们，都企图突破宗教教义的铁窗，自由探求世界的本质。于是，时间、物质和本源，成了人类共同的终极探寻之地，成了人类突破慵懒、挣脱琐碎、拒绝因袭的历险之旅。这一旅程中，引领着我们艰难而快乐前行的，是那一代又一代最伟大的科学家。他们是极端的智者和极致的幻想家，是真理的先知和审美的天使。

我曾有幸采访《时间简史》的作者史蒂芬·霍金，他痛苦地斜躺在轮椅上，用特制的语音器和我交谈。聆听着由他按击出的极其单调的金属般的音符，我确信，那个只留下萎缩的躯干和游丝一般生命气息的智者就是先知，就是上帝遣派给人类的孤独使者。倘若不是亲眼所见，你根本无法相信，那些深奥到极致而又浅白到极致，简练到极致而又美丽到极致的天书，竟是他蜷缩在轮椅上，用唯一能够动弹的手指，一个语音一个语音按击出来的。如果不是为了引导人类，你想象不出他人生此行还能有其他的目的。

无怪《时间简史》如此畅销！自出版始，每年都在中文图书的畅销榜上。其实何止《时间简史》，霍金的其他著作，"第一推动丛书"所遴选的其他作者的著作，25年来都在热销。据此，我们相信，这些著作不仅属于某一代人，甚至不仅属于20世纪。只要人类仍为时间、物质乃至本源的命题所困扰，只要人类仍为求真与审美的本能所驱动，丛书中的著作，便是永不过时的启蒙读本，永不熄灭的引领之光。虽然著作中的某些假说会被否定，某些理论会被超越，但科学家们探求真理的精神，思考宇宙的智慧，感悟时空的审美，必将与日月同辉，成为人类进化中永不腐朽的历史界碑。

因而在 25 年这一时间节点上，我们合集再版这套丛书，便不只是为了纪念出版行为本身，更多的则是为了彰显这些著作的不朽，为了向新的时代和新的读者告白：21 世纪不仅需要科学的功利，而且需要科学的审美。

当然，我们深知，并非所有的发现都为人类带来福祉，并非所有的创造都为世界带来安宁。在科学仍在为政治集团和经济集团所利用，甚至垄断的时代，初衷与结果悖反、无辜与有罪并存的科学公案屡见不鲜。对于科学可能带来的负能量，只能由了解科技的公民用群体的意愿抑制和抵消：选择推进人类进化的科学方向，选择造福人类生存的科学发现，是每个现代公民对自己，也是对物种应当肩负的一份责任、应该表达的一种诉求！在这一理解上，我们将科普阅读不仅视为一种个人爱好，而且视为一种公共使命！

牛顿站在苹果树下，在苹果坠落的那一刹那，他的顿悟一定不只包含了对于地心引力的推断，而且包含了对于苹果与地球、地球与行星、行星与未知宇宙奇妙关系的想象。我相信，那不仅是一次枯燥之极的理性推演，而且是一次瑰丽之极的感性审美……

如果说，求真与审美，是这套丛书难以评估的价值，那么，极端的智慧与极致的想象，则是这套丛书无法穷尽的魅力！

（"第一推动丛书"25 周年版出版于 2018 年 1 月。本文有改动。）

苹果与利剑

——『第一推动丛书』新版序言

从上次为这套丛书作序到今天，正好五年。

这五年，世界过得艰难而悲催！先是新冠病毒肆虐，后是俄乌冲突爆发，再是核战阴云笼罩……几乎猝不及防，人类沦陷在了接踵而至的灾难中。一方面，面对疫情人们寄望科学救助，结果是呼而未应；另一方面，面对战争人们反对科技赋能，结果是拒而不止。科技像一柄利剑，以其造福与为祸的双刃，深深地刺伤了人们安宁平静的生活，以及对于人类文明的信心。

在此时点，我们再谈科学，再谈科普，心情难免忧郁而且纠结。尽管科学伦理是个古老问题，但当它不再是一个学术命题，而是一个生存难题时，我的确做不到无动于衷漠然置之。

欣赏科普的极端智慧和极致想象，如同欣赏那些伟大的思想和不朽的艺术，都需要一种相对安妥宁静的心境。相比于五年前，这种心境无疑已时过境迁。

然而，除了执拗地相信科学能拯救科学并且拯救人类，我们还能有其他的选择吗？我当然知道，科技从来都是一把双刃剑，但我相信，科普却永远是无害的，它就像一只坠落的苹果，一面是极端的智慧，一面是极致的想象。

我很怀念五年前作序时的心情，那是一种对科学的纯净信仰，对科普的纯粹审美。我愿意将前序附录于后，以此纪念这套丛书出版发行的黄金岁月，以此呼唤科学技术和平发展的黄金时代。

（"第一推动丛书"新版出版于 2023 年 2 月。本文有改动。）

一个国家其实有两个"国库"，

一个存储货币，一个存储法律。

作家与人物的历史宿命

—— 唐浩明「晚清三部曲」30 周年版序言

　　小说《曾国藩》初版，是在 1990 年，由近水楼台的湖南文艺出版社推出。出版者是一家地方性年轻小社，作者是一位寂寂无名的文学新人，除了曾国藩的名头，或者书确实写得好，其余找不出什么理由能说清怎么就一蹿而红、洛阳纸贵了。市面上一书难求，托了社里的朋友，费尽周折才找到一本。

　　那时节，文学还站立在社会的兴奋点上，买小说托人情走后门，是时常遇到的事。不过多数的作品，热过也就热过了，时过境迁便不再有人提及，不像《曾国藩》一直火热着，三十年后依然霸着榜单，占着热搜。

　　一部小说能有如此命运，照说作者该睡梦里都笑出声来，然而浩明先生并未如此。面对市面上正版盗版五花八门的版本，先生一言以蔽之：太闹！先生似乎一直为此沮丧和烦恼，因之日渐生出一份心愿，希望能有一个安静点的版本。文艺社筹划推出"30周年纪念版"，先生重提这一请求，并将作序的任务交付给我。我能掂量出这是一份十分具有诚意且十分郑重的托付。

说实话，在当今这个几乎全民抢话题、博眼球、争流量的时代，怎样的一篇序言，才能让一部或三部本已洛阳纸贵的文学著作返回质本，归于岑静，心中实在无底。我甚至不知道既往是否有人写出过这种闹中取静、热里求冷的序文。找来书市上形形色色的版本，反复品读其装帧，尤其是那些封面或腰封上的推荐语，慢慢体悟并认同了先生心底的那一份沮丧。

这其实涉及一个普遍而严肃的问题：一部文学作品在传播过程中被刻意误导。当然，任何一部优秀乃至伟大的文学作品，作家都必须面对读者瞎子摸象或按需取用式的阅读，甚至容忍阅读在本质上就是一种误读。文学批评界曾经有过一个"接受主义"学派，干脆将一部作品的创作过程，延伸到了接受环节，认为读者也是作品的创造主体。这当然是一种极端的学术观点，作家们的认同度并不高。作为《曾国藩》的作者，浩明先生所要直面的，不仅是普通读者的误读，更重要的是出版机构出于商业利益的误导：某些出版社刻意淡化文本的文学属性，片面强调其史学价值；某些出版社刻意淡化人物的道德修为，片面强调其权谋伎俩，在基本定位上背离了作者的创作初衷。这种出版者对读者的有意误导，客观上造成了对作品的肢解，当然也造成了对读者审美自由的囿囚。

浩明先生从文史编辑走向文学创作，的确具有显见的偶然性。倘若当年他不是青灯黄卷地编辑《曾国藩全集》，或许至今仍是一位皓首穷经的文史编辑。然而，作为当时占有曾国藩史料最全的学者，浩明先生更有理由去撰写一部有关曾国藩的史传或评传，如此应更能表达他对曾国藩历史价值、文化价值的独特认知，更能实现为其作"翻案文章"的历史意图。浩明先生舍近求远，舍易求难，从文史领域跑进文学领域，必然因为某种无法抑制的生命冲动。面对一个可以用多种文本书写的历史对象，先生最终选择了小说，表明其文学情愫压倒了历史情怀，也表明他对个人文学才华的自信胜过对历史才学的自信。尽管曾国藩作为清代挽狂澜于既倒的末世重臣，作为封建时代公推的道德完人，具备千古一人的历史价值，但先生却慧眼独具，将其视作一个承载中国封建文化命运的独特文学人物，这首先是一种卓越的文学眼光。不论从现实，还是从历史中找到属于自己的文学人物，这都是一个作家首要的文学本领。而一个学人能从枯燥琐碎的史料搜寻、文献点校中突围出来，爆发出磅礴而坚韧的创作激情，这同样是一位大作家特具的素质。当年鲁迅先生从魏晋碑帖堆里冲杀出来，以小说举起新文学大旗，便是一个典型的例证。

　　浩明先生生于世家，长于离难，其命运遭际的特殊性，决定了他文学视野、艺术胆魄、审美品格的独特性。生父唐振楚曾任蒋介石的机要秘书，浩明先生幼年生活在锦衣玉食的官宦家庭。生父随蒋迁台时，将其留在了衡阳老家，寄养在一户邓姓剃头匠家中。这种社会动荡造成的骨肉分离、寄人篱下的人生境遇，使其对政治无情、人生无常留下了铭心刻骨的体验。这种个人的生命记忆，使先生对政治题材格外敏感，对历史逻辑高度质疑，对人物命运的无奈感深刻体察，对人格矛盾的悲剧性深切同情。在先生笔下，曾国藩既是一尊封建人格完美无缺的玉雕，又是一件末世王朝千疮百孔的衲衣；既是一篇修身报国正气凛然的宣言，又是一个明哲保身官场周旋的锦囊。通过曾国藩这一极致光明又极致阴郁，极致刚毅又极致脆弱，极致坚定又极致狐疑的复杂人性样本，塑造了一个人格分裂而终致完满、行为乖张而终致谐和的千古名臣，为中国文学史贡献了一个道术兼胜、悲欣交集、血肉丰满的名臣形象。

　　在"修身、齐家、治国、平天下"的人生轨道上，曾国藩作为封建文化的坚定实践者，既究义理，又求事功，确实实现了某种道术一统的人生完满。尤其是由濂溪创立、夫之光大的理学湖湘一脉，被其践行为一种人生模式，突显了湖湘文化的实践精神、实用价值。浩明先生在创作中，力图通过曾国藩这一代表性人物，整体展示湖湘社会义理与血性并重的人格精神，湖湘文化道统与权术互补的致用特质，进而形象地阐释"几代湖湘读书人，半部中国近代史"的独特历史景观，以及湖湘学子"圣人理想、盗跖行径"的群体文化追求。无论现今有多少探讨湖湘文化的理论文本，都未能像先生笔下曾国藩、胡林翼、彭玉麟等文学形象，将湖湘文化呈现得如此生动完满。湖湘文化逻辑上的自洽性，比任何一种文化都难以从纯学理上完成，似乎只有在人生实践的意义上，才能贯通穷究义理与躬身入局、求取清名与较于事功、菩萨心肠与霹雳手段，形成超越人性陷阱和历史困局的文化体系。或许正因为浩明先生比他人更早、更深地洞悉了这一特点，才选择以文学这种表达方式，传扬其对湖湘文化的钟爱与推崇。借助文学形象的审美，确乎更易于直观而本质地把握湖湘文化。不可否认，在湖湘文化的当代传播上，浩明先生应居首功。这固然与其编辑的《曾国藩全集》等文史资料有关，但更为重要的，应该还是《曾国藩》《杨度》等文学创作。

杨度是一位更文学化的历史人物，一生的命运颠沛与政治折腾，体现了一个乱世知识分子苦难的精神求索。小说初版时，我曾撰文称其为"近代中国知识分子的心灵史"。与写曾国藩注重历史事件的叙述不同，作家将更多笔墨探入了杨度的内心，聚焦于人物的精神气质，从其文化上的过敏症和政治上的多动症，挖掘出了那些荒诞历史细节背后的时代性悲剧。杨度是湖湘文化的另一个近代版本。如果说，在曾国藩身上，湖湘文化是一种左右逢源的精神底气，在杨度身上，则是一件左右出击的文化利器。

《张之洞》是浩明先生文学创作的封笔之作。作为稍晚于曾国藩的清末重臣，张之洞兼具曾国藩的持重守正和杨度的趋时蹈厉。曾国藩在挽狂澜于既倒中实现历史价值，张之洞在处激变而开新局上实现人生追求。身为洋务派领袖，张之洞霹雳推行的一整套变革之举，顺应并推进了近代中国维新变法的必然趋势。浩明先生着力刻画了张之洞作为谋国名臣和思想领袖之间的价值冲突，表现了张之洞在体制失势与文化失范背景下，一个人与一个时代的决绝战斗。

此次再版，浩明先生对三部作品进行了勘校，部分章节作了修改，将近年史料研究所得，以及对人物新的艺术理解融入了文本。由此见出先生对其文学创作的重视与珍爱。

世界又处百年未有之变局。三部小说艺术呈现的历史狂乱、文化撞击和人生失措，具备了比前三十年更为鲜明的时代相似性。这当然不是我们今天阅读这些著作的全部理由，但一定是其中重要且迫切的理由。

而浩明先生期待于我们的，只是安静地出版，安静地阅读，安静地返回文学本身。

（唐浩明"晚清三部曲"30周年版出版于2020年11月。本文有改动。）

活着是一种义务，

不 是 意 愿 。

一个人和一座村寨的悲欣纠缠

——黄于纲《凉灯二十年》序言

凉灯是一个苗寨，也是黄于纲创造的一个意象，一部作品。

寨名发音是苗语，据于纲说，是他译作了这两个汉字。挑了如此冲突而诗意的两个字，或许是因为，在他的生命里，总有一种微弱、遥远、守信而并不暖热的光亮，譬如天边的一颗星，山顶的一盏灯。

于纲爬上凉灯时，已身心破碎。他被自己那个失恋故事，撕成了一堆碎片。

究竟是怎样的一份爱，让他如此要死要活，铭心刻骨？我很好奇。

过不去的是肉体！于纲说。

这我信。一个男人，常常斗不过的，是自己的肉身。那时于纲血气方刚，欲望鼓胀，刚刚做成男人。

只是肉体裂了，碎了，还得灵魂来捡拾拼贴！于纲又说。脸上半是苦涩，半是悲戚。

那是二十年前，一场没有目的的人生逃亡。于纲自己也不知道要逃离什么，一个人？一个故事？都市，城镇，乡村，他一路颠沛。凉灯，只是一个意外，一次神差鬼使的邂逅。这个贫穷、荒凉、寂寞的苗寨，竟让他不可思议地张望、止步、留下来，像只满身创伤的丧家狗，找了个偏僻隐匿的角落，躺下，喘息，一嘴一嘴给自己舔伤……

我见到于纲时，他已满血复活，如一头成年的牯子，欢奔乱跳，浑身是劲。那该是他爬上凉灯后的第十三四个年头，在铜官，在一座耸着烟囱的老窑厂，他有了自己的工作室。而人，却时常在凉灯。事先约好了，他才从山上跑下来。工作室原本是一栋制陶车间，上下两层，高大、空阔、敞亮。墙上地上满是油画、雕塑以及各种各样的美术材料，给人一种创作的疯狂感。

于纲的画，几乎全是暗黑的底色，乌漆抹黑的那种。背景与人物，锁在深重的黑暗里，似乎要拼命挣扎，才能若隐若现露出些轮廓。这种窒息的色彩和挣扎的光影，让人从几乎凝固的时光中，感受到生存的困厄、生命的倔强，以及生活的无怨无艾、无悲无喜。他的雕塑，则多为泥塑小稿，满满堆了一屋子。

姿态各式各样的苗民，大模样，大写意，不拘细部雕琢，仿佛是随意揉捏成的泥巴人偶，但你能从中感受到平静到极致的生活状态，平常到极致的生死态度。我想象，于纲拿着一团泥，是在将自己破碎的生命，一点一点重新捏拢，重新塑形。那是一场长达十余年的生命疗治和激发。

晚餐设在临江的山坡上，长河落日，暮色苍茫。于纲趁着酒意，爬上凳子，面朝浩荡北去的湘江，扯嗓放歌。那是一首被他改造过的苗歌，一开口，便是高音。你会觉得，他是用整个生命，顶着旋律往上爬，长长的一口气，爬到不可思议的高度，突然降下来，细得如一根闪闪发亮的游丝，飘荡在薄暮里，婉转绵长，若有若无，无休无止。我在湘西十年，没有听到过如此充盈生命感的苗歌。那一刻，于纲仿佛是个通体透明、神鬼附体的艺术精灵。我惊讶于于纲的艺术天赋！没有来由，不受拘束，任何一种艺术形式，他都能随心所欲，将生命展现得恣意任性。

这种感受与判断，后来又从他的文字中得到了印证。画家邹建平在朋友圈里发了一则于纲的日记，写的是凉灯的一场葬礼。那几乎无动于衷的冷感叙事，细致精微的画面描摹，立体生鲜的人物刻画，和那种只有造型艺术家才有的视觉感、色彩感，让我立马想到了吴冠中和黄永玉。我按捺不住在圈里留言，大意是：这是吴、黄之后，我所读到的最惊喜的画家文字，比许多专业作家更有叙事张力和生命沉浸感。

　　大抵是看了这段留言，于纲跑来找我，说起他正在筹备一个展览，主题是"凉灯二十年"。我建议他同时再出一本散文集，与其绘画、雕塑、视频、装置艺术一并展呈。他说，那你来策展和作序。我应承了，并找来黄啸、陈新文两位社长，一同头脑风暴。我们为展览和散文集取了同一个名字：《赶场》。赶场既是凉灯生活的日常，也是对于纲艺术的隐喻。凉灯人劳作有了收成，便背着担着跑去墟场，摆在路边供人挑择。于纲这二十年，艺术有了这些收获，也该摆出来，供人品评挑选。不论从事何种职业，操持何种手艺，人这一生，说到底，都在赶场。

　　我做出版这些年，向出版社推荐的散文集只有三种：一本是韩少功的《人生忽然》，一本是刘年的《不要怕》，再就是于纲的这一本。尽管此前我已读过于纲的不少文字，当他将整理好的书稿发我，我再一次被惊艳到了。

　　首先是生命共生感。散文是一种亲历性文体，而当下许多职业作家的文字，呈现为一种生命的悬混态，没有楔入，没有纠缠，读来也就没有真正的沉浸和共情。于纲的这些日记，本是他在凉灯二十年的人生纪实，他与那片土地、那些人物、那种文化，由冲突到融入的历程，就是他身心疗治与拯救的过程。他所记录的琐屑生活、卑微人物，是疗治其身心的汤药，喂养其艺术的饭食。于纲与他们，是一种连理式的共生。在凉灯，时间几乎凝滞，生命却在前行，时代自顾自地朝前走，几乎毫不怜惜地扔下了他们，而历史，却不得不弯下腰，将他们捡拾回来。于纲这二十年，也是被时代一同扔下，又被历史一同捡回的二十年。他笔下的那些人物：丙元、云恩、求成、显志、求全等，身处时代中，又置身时代外，始终以凉灯人的方式生长在凉灯的历史里。于纲是一个闯入者、陌路人，也是一个融入者、共生者。在凉灯，人活着，只是为了活着。活着是一种义务，不是意愿。因而所有人的生老病死，都平常，都平静，如草木之荣枯，如日月之升坠。这种乐天安命的人生态度，包裹、浸润于纲二十年，粘贴了他的生命碎片，填充了他的生命元气。他的文字，是一种自疗，也是一种感恩；是一种生命的潜入，也是一种艺术的浮出。

其次是故事的生长性。于纲二十年的持续观察，在一种几乎凝滞的时间中，记录了凉灯人的生长，故事的生长。这些或寻常或荒诞、或欢欣或悲怆的人和事，就像生长在他的文字里。于纲是凉灯二十年故事的主要人物，又是这一故事的冷静讲述人。作为人物，他喜哀与共，悲欣纠缠；作为讲述人，他抽身事外，客观讲述。他以这种冷静而又感奋、冲突而又纠缠的叙事，强化了讲述的亲历感、故事的生长性，从而让一本个人日记，具备了某种历史的样貌。于纲的叙事，有一种与其身份和年龄悖离的调性，疏离、隐忍，甚至超然，如一位阅世已深的老者，淡漠地静观人物生长、事件嬗变，并将这一历程原真展现。寓悲欣于隐忍，寓臧否于漠然，这是一种无动于衷中见大悲悯的叙事功力。

再次是语言的视觉化。于纲写作，文字一如其惯常使用的颜料、泥块、影像，以及各种装置材料，擅长于时空造型。文字表达的间接性，让它比绘画和雕塑更能调动接受者的通感、想象和代入感。他的文字精准、短俏、跳荡，有一种明确的空间感、细微的光影感。他将一幅幅空间精确、光影精微的画面叠合，以表现其人物生长、故事演进和历史延续。他笔下的心灵历程、人物命运和地方变迁，是由无数定格的瞬间、精准呈现的画面连缀的。凉灯的时变与守常，挣扎与躺平，悲欣与漠然，都蕴含在这些视觉化的叙事中。这种将文字表达视觉化的能力，是于纲的天赋，也是造型艺术家才有的专业敏感和追求。于纲是一位典型的综合艺术家。文字只是他创作的一种媒介，但已是重要的、风格化的一种。

在认知特征上，于纲每每只见树木不见森林，但他能以其专注与执着，让一棵树活出森林感，也创作出森林感。漫漫二十年时光，他因一个失恋的女友爬上凉灯，因结发妻子走进金竹山。这就是他的生息地、创作源，也是他的世界。他所画、塑、写、拍，甚至所唱的一切，都在这小小的世界里，但他却以多种艺术介质，为这个时代的历史留下了别一面目的版本。

我曾劝说他，以二十年为契机，为凉灯作结。他拒绝了。凉灯是于纲的艺术肇始地，或许，也将是终结地。

那场撕心裂肺的失恋，对于纲，究竟是阴差阳错，还是命运驱遣？凉灯二十年，究竟是不幸，还是大幸？无论怎样，凉灯使于纲重生。作为一个凉灯人，他或许已认同这样一种生命态度：活着与艺术，是一种义务，不是意愿。

是为序。

癸卯年小雪节气于抱朴庐息壤斋

纯真山野气
与质朴悲悯感

—— 张永中《故乡人》序言

永中的散文，多数我是读过的。一些，是他私信推给我的，说是帮他看看；另一些，则是在朋友圈里，热热络络与大家分享。

近两年，永中写作发狠，隔三差五便能读到。看架势，有点按捺不住了。什么事一到这个当口，就像稻子在拔节抽穗了，你可预期的，就是好年景里的一份好收成。果然，前几天永中见我，便拿了一本样书来，说出版社准备出了，请我写篇序。

想了想，这篇序言怎么写，于永中都没有什么意义和作用。然而世上的事，若都要拿实在的收获作衡量，十有八九可以不做。就像我与永中的师生关系：当年我大学刚毕业，便跑去另一所大学登台上课，永中便是其中听课的学生。我实在想不出，当时我都讲了些什么；更想不出，当年我能讲出些什么。但这几十年，永中一直"老师老师"地叫，似乎全然没在意当年收获的多寡，更没在乎我是否荒废了他们的青春。人生的一种缘分，每每是从看上去没有意义的事开始的。

说永中命带文星，或许重了。然而命运这东西，信与不信，似乎都在。身边好些人和事，拿了别的因由说不通，到头只好归于命运。永中在学校，一直是干部。毕业时，老师同学都认定他会被选调，不管去基层还是去机关，反正是仕途通达。结果他却被留了校，分在学报当编辑。除了编稿子，就是研究沈从文，年纪轻轻，便参与了《沈从文全集》的编辑整理。眼看就要因学问和文章出人头地了，神差鬼使，他被选去了凤凰当县长、当书记，继之又当了州委秘书长。眼见仕途一派大好，又莫名其妙被调到了《湖南日报》，干回了编稿作文的老本行。一省之大，文人辈出，偏偏挑中了他，你说是命不是命？

有了这个想法，永中发来第一篇散文时，我一点不觉意外。绕了一大圈回来，似乎既合情合理，又顺风顺水。研究沈从文那么多年，又在沈从文的故乡做了那么多年父母官，除了写散文，干什么都觉得悖情悖理。我有点意外的，是他并不刻意模仿沈从文，其文字，似乎在清新生趣之外，走了另一条拙朴隽永的路。且观世论人的视野，虽努力保持了湘西文化的顺天由人和悲天悯人，但理性的烛照，却透彻敞亮了许多。尤其他的文气，承继了明清白话笔记的简洁、自在，有一份和畅蕴藉的气韵。

收在这本集子里的文章，大体只有两个人生场景：其一是沈从文的故乡凤凰，其二是他自己的故乡古丈。写凤凰的，无论记人还是状景，都有沈家这个大背景。好些事，因为是亲历，除了细节的私密性，还有情感的原真感。如今人们络绎不绝地跑去沱江边打卡，若是也跑进永中的文字里，或许打卡的就不仅是身体，应该还有灵魂。写古丈的，则多为家世记述、亲人缅怀和少年忆往。这些底层人的喜乐悲苦，虽泅浸于人伦与世道的底色，但大都还时代于个人命运、还世界于具体场景，读来有一种纯真的山野气、质朴的悲悯感。这条路子，若再往前走，或许更能见出永中自己的风景来。

虽说命系文缘，大抵到今天，永中也没打算将自己逼入职业写作的仄巷子。我觉得，于作者于读者，非职业的写作都是一种更通达、从容而优雅的姿态。这让我想起买花来，我当然是在花圃和花店买过花的，包括一些名贵奢华的花卉。但在记忆中，都不及在一位农妇手里买下的一枚花环。那年在凤凰古城墙边，一位乡下的老太太，顺便从山里采了野花，编织了一个花环，举在漫天的夕阳里，有一种扑面的野性和慑人的鲜艳，仿佛是那无尽大山里的精魂……

我寄望于永中的，就是采撷编织更多这样的"花环"。

且为序。

2023 年 10 月 23 日于抱朴庐息壤斋

（《故乡人》出版于 2024 年 1 月。本文有改动。）

水哥的好玩 与好玩的水哥

——水运宪《惟天在上》序言

这篇序文，是我跟水哥讨来的。

年前和水哥小聚，水哥言及出散文集，我竟脱口而出："我来写序，写得好玩点。"

话一出口便后悔了，因为要将水哥写得好玩，真不是件简单事。

初识水哥抑或与他泛泛之交的人，大抵都不会觉得水哥是个好玩的人。水哥长得眉清目朗，身直背挺，模样英气逼人，中规中矩的皮囊让人难有亲近感；水哥行事认真，举止高调，衣着考究，排场光鲜，腔调正儿八经，豪气逼人的气质让人难有欢喜感；水哥写戏编故事，架势足铺陈满，推动强劲，收放有度，框架周正结实，才气逼人的文本让人难有轻松感。一个人，尤其是一个名人，有了英气、豪气、才气而少了亲近感、欢喜感和轻松感，怎么能让人觉得好玩呢？

和水哥的相识是因为文学，相知却非因为文学。

水哥几乎是横空出世的。小说《祸起萧墙》、话剧《为了幸福，干杯！》、电视连续剧《乌龙山剿匪记》，每一部作品都在不同的行当里振聋发聩，不能不说是个奇迹。虽然当时的文学湘军兵强马壮，应丰、古华、蔚林、少功、残雪、立伟等都脱颖而出，卓然成家，水哥却不甘将自己落位生根，始终独行侠一般穿行在多个创作领域。

那时节，我还在搞文学评论，因对少功、残雪、立伟乃至整个实验文学所做的研究，被张炜寄望为中国文坛未来的车尔尼雪夫斯基。我认识张炜是在一次关于《古船》的研讨会上，他听完我的发言竟站起来说："如果中国未来能出个车尔尼雪夫斯基，这个人一定是龚曙光。"结果当然与其预言相左，所以张炜一直对我离开文学界耿耿于怀，每回见我便说："曙光可惜了，可惜了！"那时我当然也关注到了水哥。水哥是那种你想不关注都不行的文学存在，但我并没有因此走近他。一方面因为那时的我是一个文本主义，甚至是文体主义者，对水哥以故事取胜的述事方式缺少认同，另一方面则是因为水哥的不易亲近。

后来水哥下了海，在南方海边的一座小城办了一家大公司，据说注册资本上亿，可用资金要多少投多少。记得水哥从海滨回长沙，一个庞大的豪车队开进作协那狭小寒碜的院子。水哥从豪车里走出来，风衣墨镜、随从护卫，那仪仗、那行头，好一副许文强行走上海滩的样子。

就在那一刻，我看到了水哥作古正经背后好玩的那一面，感受到了他那颗名作家头衔包裹不住的少年顽劣之心，领悟到水哥在认认真真做完每件事情之后对这些事情的不在意。水哥做事的正儿八经、一丝不苟是为了享受做事的过程，对其结果却并不怎么放在心上，就像我们常说的猴子掰苞谷——掰一个扔一个，手中永远有一个在用心用力掰。

文人下海，大体都会十分纠结，捧着自己的作品思来想去，半天做不出决定来。水哥却将他那些引以为豪的作品一扔，转身扑进海里。弃文从商于他来说就像他写完小说写戏剧、写完戏剧写影视一样简单，想写什么写什么，写什么快乐写什么，随心所欲，并不太为声名所绊。水哥下海大抵也就是在那一段日子觉得做生意好玩，想试上一把，至于成功与否，赚钱多寡，其实他并未认真盘算。几年之后，玩腻了，又扔了公司洗脚上岸，至于文坛怎么说，江湖怎么看，还真没有放在心上。文人下海的并不少，成的有，败的有，但如水哥一样去也只为好玩回也只为好玩，始终把成败置之度外的却着实不多。

这便是水哥的真性情，也便是水哥的好玩处。

后来我下海从商，的确是因为水哥的启示。只是我至今仍在海里，水哥却已站在岸上时不时笑话我。相望于文坛、相惜于江湖，我与水哥也就是因为这一份"江湖之近"而成挚友。

那年张贤亮来长沙，水哥陪他来找我玩。几天下来，贤亮"乐不思陇"，实在不得不走了，才依依不舍地说："你们俩来宁夏，我们好好玩。好好玩！"宁夏毕竟偏远，要去还真得下个决心，但每次与水哥见面，第一句话便是："我们答应了贤亮去玩的，他一直等着呢！"在我看来是贤亮随口而出的一句客套话，水哥却始终当作是对朋友的一个承诺，心里老是放它不下。后来我和水哥去了，贤亮果然兴高采烈，又是陪餐，又是陪游，又是题字，整整一天黏在一起。其实那时贤亮病已很重，生活中烦心的事也不少，但那一天他是真开心，开心得像个孩子。没多久贤亮便走了，水哥怕我不知道，特意跑来告诉我，其实是想排解思念的痛苦，不停地讲贤亮生前那些充满传奇意味的故事，分别时还叨念："上次我们幸好去了，不然我们就永远欠着贤亮了！那是一份情义，怎么欠得起呵！"

还有一次张炜来长沙，我和水哥陪他谒柳子庙和屈子祠，一路上都谈些沉重的文化话题。张炜原本是个沉郁的人，我不想让他沉浸在感伤氛围中，便扯开话题，请他给我写几幅字，比如郁达夫当年撰写的"曾因酒醉鞭名马，生怕情多累美人"，水哥听了，说这对联也要一副。张炜写好寄我，正好一个朋友看见拿走了。我以为这事水哥忘了，便再不提起。大约过了一年，他跑过来拿，我说没了，他硬是不依不饶，说："你答应的事怎么可以不兑现呢？"直到后来我让张炜再写了给他，才算了结。

这本散文集所收的文章，记载的大体都是这一类故事。有些人的散文爱抒情，有些人的散文爱说理，水哥的散文，一如他的其他文体，只钟情于故事。不论是浓墨重彩的庄重叙事，还是轻描淡写的随意记述，看似在写别人，其实水哥自己才是这些故事中的主人公。在文学圈中也好，在生活圈中也罢，水哥都会在他作古正经的外表下时不时露出随性乃至任性的好玩处来。读过这些散文，当然能更好地理解水哥的创作，但更重要的还是理解水哥本人——这个细节较真却又大局随性的人，这个享受过程却又轻慢结果的人，这个重视然诺却又不避是非的人，这个膜拜英雄却又每每将坏蛋写得比英雄更英雄的人……

感受水哥的好玩，是需要相处的，相处久了深了，水哥便自然是好玩的水哥。

阅读，便是一种相处。

（《惟天在上》出版于 2017 年 12 月。本文有改动。）

与其聆听别人舌灿莲花的废话、声嘶力竭的假唱，

不如在黑暗中听听自己的心跳。

修谱与著史

——罗宏《湖湘世家：鼓磉洲罗氏》序言

两三年前，罗宏来家里聊天，在院中一棵花事繁盛的老桂树下，说起好些罗氏先人的故事，我听着很是着迷。那时他刚刚出了一本讨论湖湘文化的书，很自然地将这些掌故摆进了近世湖南政治、军事和文化激荡的大背景。

显然，这是一个令人兴奋的历史话题。惯常说，"几代湖湘读书人，半部中国近代史"。将一个家族的繁衍与一个国家的兴衰直接纽结在一起，是一个有趣也有挑战的书写角度。罗宏无疑已被这一挑战撩发，并为此做了相当的准备。我顺势怂恿，向他约稿，并交给岳麓书社付梓；罗宏则嘱我为序，作为交我出版的条件。

我明白，我的支持最多只是应和了罗宏的这一意愿，以他的学术个性和行事风格，即使我反对，他也会将这一选题做下去。除却激昂丰沛的才情与酣畅淋漓的文字，罗宏还有一种真正的骡子精神：什么事一旦上路，再苦再难，他都会坚定坚韧地走下去，绝不半途止步，无功折返。

大抵也只有罗宏这头骡子，才可以完成那么艰难的史料搜寻和求证工作。在经历了"五四"和"文革"之后，要想将罗氏家族长达五百年的谱系厘清已绝非一件易事。一个家族无论多么显赫，能被正史记载的事件总在少数，大量的素材得到族谱、野史和个人文稿中挖掘，甚至要去做田野考察和后人访谈。从近五六年罗宏天南地北行走的路线图中，我略知这类考察和访谈所费的时功。

如果只是为了给罗氏修一部族史，用以厘清宗脉、颂德先祖、激励后裔，这些素材几乎可以直接录入。然而，罗宏寄望于这部书的，不是仅供罗氏后人励志，而是要让所有的湖湘后裔阅读；他所要颂扬的罗氏功德，不仅是基于罗氏家族的兴衰繁衍，而且关涉湖湘社会的变革维新。说透了，罗宏要将一部私史写成公史，一部野史写成正史。怀了这样一份意图，再来检查这些千辛万苦搜罗来的素材，它们便有了一个天生的缺陷：可信度上的自证性差。罗宏得揣着这些素材，去比对相关人物的家谱、文稿，特别是方志，以求证实或证伪。清末以曾文正公为领袖的湘军崛起，之后形成湖湘各大豪门，并顺理成章地留下各显赫家族的私史，这些史料在可信度上同样存疑。这样一来，每一重大史事，除去可以被方志等官方史料证实的，其余罗宏都得到同时代人物的族谱、文稿等私存史料中去拼接比对。这项工作可谓不胜其烦，而且每每难遂其愿。

我的朋友中，能下这种苦功夫、笨功夫的人很少，推而广之，我们这个时代也并不多。罗宏除了怀有对先人的那一份景仰，作为后裔的那一份荣耀，还存了一份从家族史入手，深度探究湖南文化源流的学术宏愿。大抵源出湖湘的当代作家或学人，都存有一份这样的文化意愿，只是罗宏是个行动派，想做便做，一做便仿佛着了魔。他的第一部关于湖湘文化的书，我以为还只是基于既成史料及其研究的个人体悟，虽思想火花溅射，但说不上是板凳一坐十年冷的学术大著。或许罗宏自己也感受到了这种写作的隔靴搔痒和浅尝辄止，所以干脆横下一条心，从史料和源流的基础框架做起。这算得上一份宏愿。以罗宏之前做学问、弄电视、写小说的功底，加上那一种骡子精神，他是担得起这份宏愿的。读过这部近五十万字的书稿，我觉得他的这份愿望已基本在书中实现。

首先，这部书为湘学和湘军的研究提供了许多一手的鲜活史料。不少从罗家或相关家族中挖出的文稿和具有可信度的文物，佐证了湘学研究中的很多观点，丰满了湘军的历史形象，同时勘正了一些重要的历史文献，重新审视了一些既成研究结论或广泛传播的掌故。比如多种有关湘军的著作中，都有曾国藩听声识罗萱的故事，以此彰显文正公近乎神奇的识人本领。罗宏则从罗汝怀的文稿中发现，曾国藩起初想招罗汝怀入帐，罗汝怀因事人在先而婉拒，曾国藩便退而求其子罗萱，之后才有罗萱入帐拜见曾国藩的故事。曾国藩若此前对罗萱一无所知，怎会提出由罗萱代父入帐的请求呢？不管与罗萱相会时是先闻其声还是先睹其貌，对曾国藩而言只是一次"如约重逢"。显然，听声识罗萱的故事，只是民间神化文正公的一种艺术想象。

其次，罗宏进一步厘清了湘学各门派、湘军各派系之间的关系，使湘学传承的谱系、湘军宗派的脉络更加清晰。罗氏繁衍至清中晚期，在学理与事功上影响渐显，尤其在湘军的发展上，有直接的参与和影响。湘军在政治结构上有一重要特点，那就是存在错综复杂的家族联姻。这种通过人为的血缘嫁接而缔结的利益同盟，使这支缺少正规训练和朝廷俸禄的地方兵勇，表现出了良好的统一意志和战斗作风。罗宏对这些姻亲关系的描述，不仅昭示了罗家在各家族之间地位的显要，而且揭示了每一次联姻政治上的微妙，以及这种姻亲政治在一个纲纪崩坏、国运衰微的时代所发挥的独特的社会组织作用。

最后，罗宏以五百余年罗氏家学传承为范例，论证了湘学在构成繁复的湖湘文化中的灵魂地位，推演了湖湘人才养成的精神图谱，标举了湘学道术一统的实践本质。近世关于湖湘文化，尤其是湘军的研究，偏执于术的层面，包括三十年来"高烧不退"的曾国藩热，亦多聚焦于文正公的处世之术、拥兵之术、治家之术。对于这位上仰孔孟、中尊周子、近承船山的"圣人"，学界几乎忽略了他锲而不舍地对道的追求。我一直认为，孔子最大的贡献，是在天道与人术之间找到了礼制这一最佳的黏合剂，从而使其学说实现了道术一统。罗家作为湘学一脉，坚定地秉承了道术一统的儒学精髓。这也在一定意义上解释了湖湘何以地理虽偏，在文化精神上却远续孔孟正脉。比如岳麓书院影响最大的山长之一罗典，就曾以道术一统的学说影响了湘军多位将帅，使其中很多人不仅掌兵牧民事功显赫，而且修身治学堪称硕儒。罗宏以其代际相传的罗氏家学，佐证并论述了湘学道术一统的思维逻辑和处世哲学，用这种守于道而用于术，用于术而求于道的思想传统，揭橥了近代中国为何挽狂澜于既倒、支撑清廷的是湖湘读书人，揭竿而起、改朝换代的也是湖湘读书人的文化根源。

罗宏在书中提供的素材与思想，当然不止这三点，但仅此三点，已足以让这部书超越一般家族史的范畴，具有了公共阅读的价值。在文化传承的意义上，罗宏的先人，也是近世所有湖湘子弟的先人；罗宏在这五百余年的史事叙述中所感受的荣耀，我们也可以通过阅读或多或少地分享。这大概也是罗宏写作本书最隐秘的动机。

罗宏是可以不靠先人吃饭的，但既然先人留下了这么丰盛的一桌饭食，不吃白不吃。我估计罗宏还会一碗一碗地吃下去。我倒也希望，湘学及湘军各大豪门望族的后裔，都能像罗宏一样来吃吃这碗祖宗饭，奉献一些私家的史料和掌故，这对湘学和湘军的研究，会是一份不可多得亦不可替代的补充。

且为序。

（《湖湘世家：鼓磉洲罗氏》出版于 2020 年 3 月。本文有改动。）

路行可远，风等必来

—— 赵宝泉《小趋势》序言

一个人干了什么事业，如同一个人交了什么朋友，初看很简单：碰上了，而且躲不开，似乎都是因了机缘。回头细想，其时其势，还真是有些潜在的逻辑在。

我在山东师大读研时，宝泉也在。我读文学，他攻历史，他算土著，我属过客，本不该有什么交集。偏巧，我有一位同乡，正好与他同师门，我和老乡往来，捎带认识了他。当然也就是见面点个头，彼此都没当一份大缘分。

返湘十年后，我举旗创办《潇湘晨报》。熙熙攘攘的应聘者中，竟有一人是宝泉。看了履历才知道，他研究生毕业后也来了长沙，先在一所大学教书，后来去了家喻户晓的湖南广电，在旗下一家子公司做了副总。旧识加上名牌公司的管理者，这是我最不想用的人，于是找了一箩筐理由婉拒。我说这张报纸办不办得活，只有天晓得，你犯不着跟我蹚这道浑水，走这条险路。宝泉望着我，并不正面回应，颠来倒去只说一句话：我从普通夜班编辑干起！我看着他额头上渗出的豆大汗珠，还有一副厚厚的镜片后热切而诚恳的眼神，一咬牙留下了他。

宝泉真去做了夜班编辑。我猜想，干个一年半载，他自会另谋出路。没料到，他竟一干二十年，至今还没动过另择高枝或者自立门户的念头。宝泉是晨报唯一从夜班编辑干上来的老总。

2007年，集团整合出了两个刊号，交给晨报统一经营。那时节，互联网媒体已现进逼之势，谁要在这个时候再斥资办报，定会被视为脑子进水。但刊号若荒着，又会被吊销，这也是一份谁都担不起的责任。两难之中，再办什么样的报或刊，着实都有几分死马当作活马医的悲壮。

我让报社在集团锁定的四大目标人群中找定位，宝泉、周钢等提出了办一个老年媒体的构想，目标是做一份中国的 AARP。这一方案自然不被看好。不懂媒体的人认为：纸媒的命运不用再算，投多少钱都是肉包子打狗有去无回；懂媒体的人则认为：AARP 是美国老年人协会的会员刊物，在中国根本没有复制的可能。在一片反对甚至讪笑声中，我拍板创办了这份怎么看都极不合时宜的报纸。

在关于时势的审度上，我一贯秉持的原则是"逆势而思，顺时而为"。若就媒体而言，互联网媒体的替代之势虽不容置疑，但网媒要覆盖中国的老年人群，至少还需要十至十五年，这一期间精准服务老龄人群的纸媒仍在机遇期。中国的老年纸媒虽不少，但关注点都在老人怎么活，而忽视了怎么活得有价值；关注点都在怎么让身体健康，而忽视了怎么使精神快乐。如果我们定位于后者，还有一个机会点。逆着互联网走强的大趋势，我找到了这份新办纸媒的机遇期和机会点。更重要的，是我要布局老年产业。当时商界关注老人消费的人少，大都未在战略意义上思考这个产业，极少几家做老人用品的，又多行走在违规违法的歧路上，而且不成规模。我从这种乱象中，看到老年产业其势将成，此时投资，当属顺势而为。于是我为这笔仅仅一千万的投资，定下来一个宏大的愿景：为中国老年社会提供解决方案。同时为该报纸发展设计了独特路径：以媒体影响力为先导，进而成为老龄人群的综合服务提供商。

之后的戏，便是宝泉、周钢他们在唱了。这两位同样长得敦敦实实，同样戴着深度近视眼镜，同样一有事便楚楚可怜地望着你，黏上来像块牛皮糖的汉子，硬是把这份《快乐老人报》编辑发行了两三百万份。这是在网媒时代逆势创造的一个纸媒奇迹！

宝泉将这十余年的迷茫与求索，欢欣与苦痛，纠结与洞开记录下来，并企图进行商业理论上的归纳，应该是一件有意义的事。这则相对完整的商业案例，恰好贯穿了如何面对一个传统行业的衰败，如何参与一个新兴产业的勃起两大商业难题。在衰败的行业里找寻仅存的机遇，在新兴的产业中发现恰当的入口，都是一种谨小慎微而又惊心动魄的商业操作。一个职场中的人，尤其是一个企业的领军者，读读这个案例，应该都会有些感悟和启示。

宝泉将这种逆大趋势而谋小机会的商业思维，定义为一种名为"小趋势"的商业原则。这份努力是否力所能及，留待读者去评判。对于一个商场中的人，思考如何寻可达之路、等必来之风，应该是不可荒废的一门功课。宝泉将自己的这份课业拿出来分享，应该秉持了求教各路方家的诚意和虚心。

是为序。

（《小趋势》出版于 2019 年 10 月。本文有改动。）

人类需要创造一个自己的创造者。

云卷云舒，自由自在

——刘云《十日谈：刘云自述》序言

刘云来电话，说："我要出一本自述，序言留着，该你来写！"

他没说请，也没问我答不答应。这就是刘云，这就是我和刘云的关系。世上有些人，天生就近，仿佛前世彼此欠着，此生来还，无需理由，不用客套，自然而然。

我调进长沙调入文联，比刘云略早。一天，钟增亚见到我，很得意，说他最近从广东调来一个小伙子，叫刘云，帅！你俩一定搞得来！稍后便领了刘云来：西装笔挺，皮鞋锃亮，尤其是一副圆形的黑框眼镜，一下让我想到了民国时代的胡适之和梁实秋。刘云伸过手来，笑一笑，灿烂里有一丝腼腆。没有关照之类的客套话，只说佛山来，岳阳人。文联院子里进进出出的美术家多，不是油乎乎的披肩长发，就是亮锃锃的光头，哪里见过这般斯文利索的主！立马我觉得，这是个诗人，新月派里的那种。

那时我在《理论与创作》杂志，他在书画研究院，但都住在文联院子里。我时常去他画室，看他画油画。他的题材，几乎都是洞庭湖的风物。他一幅幅搬给我看，只是笑，并不提点阐释。见到喜欢的，我便拿去杂志发表。记得有一年，我全用他的洞庭湖系列做封面，博得许多喝彩，也惹来不少闲话。院子里的人，都知道我和刘云好，像是两兄弟。有人说斯文相近，有人说臭味相投，反正是关系好！

刘云画画很拼，早出晚归，基本碰不上。我们要见面，总要约局喝酒。那时宋子刚还在，他爱叫上钟增亚、刘云和我。每回迟到的，必定是刘云，理由千篇一律：要把画画完。

这样的日子过了两年，我便离开了文联，去管酒店、办报纸、做出版，不再混迹文坛文苑。后来子刚去了，增亚也去了，酒局里的人，只留下孤零零的刘云还在院子里。偶尔我俩碰上，不喝酒，也不谈艺术，只回忆子刚和增亚在时的好。后来他接任书画院的院长，他不得意，我不惊喜，以艺术与能力论，这是顺理成章的事。当初子刚、增亚调他来，做的就是这个安排。

再后来，我到营盘东路办公，与书画院仅一路之隔，只要打开窗户，就可以隔路喊话。但似乎我们都忙，其实是心里不闲。

他除了院里的事务，还有自己的艺术转型变法。等我再去他的画室，架上地上，已经全是水墨画了。他照例是笑，笑得云淡风轻，似乎一场伤筋动骨的艺术蜕变，他只是外出写了一回生。

这一二十年，刘云只找过我办过两件事：一件是子刚女儿的工作，一件是增亚的画展。他也没说请我怎样，还是说该我来做。其实他说的这个"该"，不单指我，还包括了他自己。对朋友，他所做的一切，都觉得应该，包括他送画给人家。我离开文联时，他送给我一幅油画，洞庭湖系列的原作。他说你要走了，我该送你一幅画！这世道，无论做什么，包括送人作品，都觉得理所应该的人，实在已经很少。

读过这本自述才知道，对刘云，我其实知之甚少。比如他和我一样，生在城里长在乡下，从小满世界撒野；他和我一样，上山下乡"修地球"，在广阔天地里大有作为；他和我一样，考进师大苦读书，为被耽误的基础教育补课……看上去我们经历相似，被时代浇铸成了同一个模型，然而一个人的天赋与性情，远比时代的扭力大，他终究活成了他想要的样子。这部书，堪称刘云生命的"流水账"，其丰赡与特异，不仅令我对他刮目相看，也让我对他与所处时代的关系有了新的理解。一个自尊且自强的生命，或许总能找到一种方式，与时代和平共处，甚至成为宠儿。刘云这一生，云卷云舒，自由自在，没有辜负上天，没有辜负自己。

一个画家的艺术成就，同时代人说了不算，这点我很明白，更何况，我的审美功力和艺术判断，远不够为刘云做价值评估。但若以画如其人、人如其画的艺术原则论，我似乎可以，也应该说上几句。我觉得，用自然、自我和自由来概括其人其画，应该还是恰当的。换言之，刘云就是个"三自"之子。

所谓自然，其一是说他的审美源头，其二是说他的创作题材。刘云生长在洞庭湖边，这很重要。中国大概没有第二个湖泊，受到过如此众多文人的钟爱。从文人诗歌的始祖屈原起，洞庭湖就是历代诗人自然审美的对象。刘云就生长在这片惊艳千古的山水中。我一直觉得，山水启悟，民风熏陶，对于一个人的审美养成，远胜于日后的艺术传习。刘云在乡下的那些岁月，诱生了他对大自然的热爱，激活了他对自然审美的敏感。他早期的油画，主要画洞庭风物：湖水、明月、芦苇、柳林、渔舟和女人。在刘云笔下，女人也被去掉了社会属性，只是一个纯自然的审美符号。在当代艺术的潮流中，刘云永远表现美，表现自然之美。这种审美取向和题材，使其向水墨山水的转型相对顺畅，且成为一种优势。

所谓自我，其一是说他观照世界的主客体关系，其二是说他对艺术风尚的态度。刘云本质上是个诗人，他始终关注和表现自己的内心。在主体与客体的关系上，他是个唯"心"的自我主义者。他笔下的自然风物，既不是传统现实主义的摹写，也不是现代主义的表现，而是一种内心诗情的抒发。自我，是刘云绘画情感的出发点，也是艺术的目的地。无论油画还是水墨，他的画都是一首诗，一首只属于自己宁静心灵的抒情诗。刘云的艺术创作期，正好与中国画坛翻云覆雨、风云激荡的时代重合。这样的主义，那样的流派，你方唱罢我登场，不知风往哪个方向吹。刘云当然难免为其所招引和诱惑，然而他最终的选择，则是本其自我，本其内心。这使他的风格，不匍匐于任何一种风尚，不跟从于任何一种潮流。

所谓自由，其一是说他的艺术心态，不为自己的风格与成就所累；其二是说他的画法，不为各种"法度"所困。以油画论，刘云已负声名。若在他人，这或许已是一种艺术甚至人生资本。而刘云，当其决意转型水墨时，轻轻松松卸掉了这个包袱。一个人，不为他人所累难，不为自己所累更难。而刘云，既不为人所累，也不为己所累，始终自由自在，来去如风。在具体的艺术创作中，刘云更不恪守"清规戒律"。油画讲究光影，他偏不重光线的明暗对比；水墨讲究笔意，他偏用大色块去涂染。或许你觉得不合法度，没有来历，而他遵从的，只是心中奔涌的自由情愫。

刘云在不同画种、不同风格、不同材料间来去如风，像一个自由的精灵。而这一切，恰恰得之于刘云深藏于心的那一份宁静。寄情山水，热爱自然的人，每每动在身体，静在内心。

静是其生命的一种能量。静能生定，亦能生动，动定之间，便有自然，便有自我，便有自由；便是哲学，便是艺术，便是人生……

且为序。

2023 年 10 月 17 日于抱朴庐息壤斋

（《十日谈：刘云自述》出版于 2024 年 5 月。本文有改动。）

一个自尊与自强的生命，或许总能找到一种方式，与时代和平共处，甚至成为宠儿。

跋

万事有运。

比如这本《寓言之岁》，本该和我之前的三本散文集一样，稿子往人民文学出版社一交，无波折无惊险，顺顺当当付梓面世。偏巧这一本，我一定要拿出来，交给一家新近崛起的出版社。原因是，那里的一位资深编辑，第一个策动我将散文结集出版并拿出了营销方案。稿子编成，热心的好友张炜推荐给了人文社。那位编辑只好再盯第二本、第三本。到头都被人文社拿去了，且社长臧永清还在一次发布会上宣称：只要是曙光先生的新书，我们人文社都要！这让我对那位编辑心生愧疚，觉得犯了言而无信的做人大忌！思来想去一咬牙，先斩后奏将《寓言之岁》

给了她。永清那里，则留待日后去负荆请罪。

编辑拿到书稿，自是喜出望外。立马寄来合同，生怕又节外生枝变了卦。她似乎是把书稿当经典来读了，一部十来万字的稿子，竟写了十多万字的阅读笔记。我做出版二十年，如此全情灌注焚膏继晷的编辑，仅见她一人。为了把书编成自己想要的样子，她差不多耗去了一年时间。信心满满地将选题报上去，结果在社里就毙了。也不知怎样开口向我退稿，她纠结了多少个不眠之夜？到头只在微信里淡淡写了一句话：选题未过，稿子还您。我没问选题不过的原因，也没问合同如何处理。我知道为了这部书，她已竭尽一个编辑的全部努力！不久，便听说她退休了。或许就是年龄到了，与这本书出版与否没什么关系。只是她曾将这本书，视为自己编辑生涯的压卷之作。最终稿子被退掉，挫败感应该是铭心刻骨了！

稍早，深圳出版集团的总编辑聂雄前来长沙，向我组散文稿。因为《寓言之岁》已还旧债，手头暂无书稿。雄前性急，等不起我慢慢写新书，便说选本也可以，反正尽快给一本。我和雄前是年轻时的朋友，当年他在省作协创作研究室，我在省文联理论研究室，时不时相互呼应在文艺界弄点事。因了这份友情，我立马编了一本自选集《欲望花园》。收到书稿，他也立马组织人手，说是年内准定出书。

《寓言之岁》退回来，我第一想到的就是给雄前。之所以没有给人文社，原因有两点：一是给雄前一本选集，多少有负于我们的友谊；二是以我散文的水平，出选集似乎还不到火候。雄前接到这天上掉下的"馅饼"，紧赶慢赶地编稿子、报选题，铆足劲想半年出书。结果一批选题报上去，四五个月没见批下来。责编急得抓耳挠腮，雄前躁得猫弹狗跳。他自然是一趟一趟跑去催，但终究没什么效果。也不知道是别人的稿子耽误了我，还是我的稿子耽误了别人，反正我一部十二三万字的书稿，审完建议删去的部分，竟达二万多字，弄得我只好另外添加篇什。作为一个作者，我当然会为这些删去的文字惋惜，因为那多是文章中思想放任、才情放纵的章节；作为一位老出版人，我自然会为这些删剩的文字庆幸，因为审稿人对作者的尊重和文本的珍惜，它们才得以保留。如果图省事快捷，他完全可以卡下选题，退还书稿了事。雄前为删稿的事向我道歉，我说应该感谢审稿人，否则这书会再遭一次退稿，甚至可能过了这村没有那店，永远也出不来了。

与《寓言之岁》相关的三个人，其介入过程细究起来颇有意思，不是歪打正着，就是正打歪着：早前的编辑全情投入，信心满满，到头却无奈向作者退稿，所受到的伤害，确乎比作者还深重；雄前打算退而求其次出个选本，却意外得了一本新著。恰恰因为这本新著，差点废了一批选题；审稿人则因为不忍选题被毙，把稿子左砍右削费尽心力，回头一看删去的文字，又担心作者会心生怨怼。薄薄的一本书，竟叠合了这么些好事多磨的故事！

　　但愿本书到了读者手上，还能衍生出更多妙趣横生的故事来……

龚曙光

2024 年 12 月 26 日

图书在版编目（CIP）数据

寓言之岁 / 龚曙光著. — 深圳：深圳出版社，
2025.4. — ISBN 978-7-5507-4212-3

Ⅰ. I267

中国国家版本馆CIP数据核字第2024ZA3808号

寓言之岁
YUYAN ZHI SUI

出 品 人	聂雄前
责任编辑	叶 晓 刘 婷
责任校对	莫秀明
责任技编	梁立新
插画绘制	何 玲
封面设计	戴 宇

出版发行	深圳出版社
地 址	深圳市彩田南路海天综合大厦（518033）
网 址	www.htph.com.cn
订购电话	0755-83460239（邮购、团购）
设计制作	格局创界文化 Gervision
印 刷	深圳市华信图文印务有限公司
开 本	787mm×1092mm 1/16
印 张	17.25
字 数	159千
版 次	2025年4月第1版
印 次	2025年4月第1次
定 价	68.00元